追放されたお荷物テイマー、
世界唯一のネクロマンサーに覚醒する
～ありあまるその力で自由を謳歌していたらいつの間にか最強に～
3
JN087580

Illustration 日向あずり

Contents

プロローグ……008
一話 アンデッドタウン……013
二話 アイルの奮闘【アイル視点】……021
三話 未開拓ダンジョン……024
四話 ミッドガルドの鍛冶職人……040
五話 未開拓ダンジョン『栄光』……058
六話 領地開拓の結果……069
七話 王都騎士団……077
八話 とある密会【ガルム視点】……094
九話 王都ギルド……098
十話 休む間もなく……113
十一話 神竜殺し……125
十二話 王都騎士団の視察【アイル視点】……163
十三話 状況整理……187
十四話 エルフの森【ガルム視点】……193
十五話 決戦準備……221
十六話 最後の戦い……238
十七話 後日談……268
エピローグ……276
あとがき……286

追放されたお荷物テイマー、世界唯一のネクロマンサーに覚醒する

3

～ありあまるその力で自由を謳歌していたらいつの間にか最強に～

すかいふぁーむ
Illustration 日向あずり

プロローグ

「まずは礼を言うよ。度々この土地の災厄を取り払ってくれたこと、心から感謝を」

「おお……」

竜の墓場で起きた顚末(てんまつ)を説明するためにセシルム辺境伯に連絡を取ったところ、わざわざこちらまで来てもらえることになった。

受け入れる準備もよく分からない俺をロバートはしっかり補佐してくれ、こうして館にセシルム辺境伯と、ギルドマスターのギレンを招き入れていた。

補佐じゃないな。ロバートに任せきりだった。

セシルム卿に頭を上げてもらい、とりあえず竜の墓場での出来事を説明した。

ミレオロと邂逅(かいこう)したこと。

ミルムの実力であれば追い払うことは出来たが、倒しきれはしなかったこと。

ロイグがデュラハンになっていたこと。

そして……。

「ロイグはもうどうしようもなかったにしても、フェイドも死んだか……」

「悪いな。連れて帰れず」

「いやいや、お前が謝ることは何一つねえ。むしろこんな形にしちまったことを謝るのは俺だ」

ギレンも頭を下げる。

なんというか……二人ともそんなに軽い頭じゃないことを思うと落ち着かない気分になるな……。

普通に生きていれば会うことすら難しい要人に頭を下げさせてしまうというのがなんともむず痒かった。

「いやぁ……ただこうなると、魔術協会の件はなんとかしないといけないねぇ……」

「ギルドからでは正直、魔術協会は動かせないでしょう……」

「分かっているさ。この件は私が預かろう。なんと言っても我が領地最大の懸念点はすでにこの英雄によって祓われたのだから。私も役に立たなければ」

竜の墓場、その周囲の魔物からの守護を主として国を外敵から守るのがセシルム卿の辺境伯としての使命だった。

そう考えるとこれからのセシルム卿の動きは確かに少しゆとりが出来るかもしれないな。

「ロイグの件を含め、王都騎士団とは私から接触しましょう」

ギレンの提案にセシルム卿は首を振った。

「いや、その件も私が引き受けようじゃないか」

「良いのですか？」

「むしろ王都騎士団をうまくつつくさ。魔術協会はともかくこちらは与し易いからねぇ」

「ではお任せいたします」

ということらしい。

ミルムはいつも通り興味なさそうにロバートが用意したお菓子を口いっぱいに頬張っていた。

アイルは緊張した面持ちで背筋を正して……というよりなぜか縮こまっている。

「それにしても……」

そんなアイルを見てセシルム卿が言う。

緊張したアイルは固まって次の言葉を待った。

「よく、生きて戻ってくれたね」

「あ、ありがとう……ございます」

セシルム卿の顔は政治家のそれではなく、子を慈しむ父のようなものであった。

「ですが私は……お二人の足を引っ張るばかりで……なんの活躍も出来ず……」

申し訳なさそうにアイルが呟く。

悔しそうに顔を歪ませながら、泣きそうな声で。

「今回の任務、君は私の私兵団の代表だった。君にとって最優先は、こうして二人に付いて、そして無事戻ってくること。それだけで代表として、立派に務めを果たしたことになる」

アイルとてそのことは分かっている。むしろその言葉を裏返せば、今の彼女には最初から期待されていなかったとも、そう受け取れる任務だった。

だがセシルム卿の言葉はそれで終わらなかった。

「もしも君がそれで納得出来ないなら、次がある。しっかり励みなさい。手本となる存在がこんなにも身近にいるのだから」

それは優しい、包み込むような声だった。

「はい……」

アイルはそれだけ言うとうつむいて顔を上げられなくなっていた。

そしてそんな雰囲気をあえて壊すように、ミルムが口を開く。

「まぁ、強くなるわ。嫌でもね」

「嫌でも……？」

「領地開拓を進めていれば私たちは勝手に力が増すじゃない」

「確かにそうか」

もちろんアイルだけじゃなく俺たちもそうだが、おそらく受ける恩恵は圧倒的にアイルが大きいだろう。

ミルムより俺の成長速度が早かったことから想像がつく。

「この領地の騎士団長は貴方(あなた)よ」

「騎士団……長？」

「待て待て。騎士はその嬢ちゃん一人じゃねえのか？」

「何を言ってるの。いるじゃないたくさん」

「まさか……」

ギレンに続き、セシルム卿も口を開いた。

「この地に残るアンデッド、その全てが騎士よ」

「ひっ……」

ミルムの真意を理解したお化け嫌いのアイルは、涙も引っ込んだ様子で顔を引きつらせていた。

一話　アンデッドタウン

『領民の【ネクロマンス】は一通りお済みでしたかな？』

「いや……全部とは思えないけど……」

一度見て回ったときにアンデッドに出会うたびにネクロマンスをして回るという状況にはなっていたが、流石に全員ではないだろう。

「貴方は広範囲を一度に出来たんじゃなかったかしら？」

「そういえばそうだ」

取り急ぎ領地開拓にあたっては【ネクロマンス】で繋がったアンデッドたちに頑張ってもらう、ということでロバートとも話がついている。

そのためにもまず領地にいるアンデッドたち全ての【ネクロマンス】が必要だったのでアールに乗って空から領地全体に【ネクロマンス】を放つことになった。

『きゅるるー！』

ご機嫌なアールに乗って飛び立つ。

空から見ると、四つのダンジョンを中心にいくつかの集落があったことが、よく分かる。

街道もある程度整備されており、山々に囲まれながらも山道が辺境伯邸のある城下町まで延びているのも分かる。

「やるか……【ネクロマンス】」

――シャドーのネクロマンスに成功しました
――シャドーのネクロマンスに成功しました
――シャドーのネクロマンスに成功しました
――シャドーのネクロマンスに成功しました
――ゴーストのネクロマンスに成功しました
――ゴーストのネクロマンスに成功しました
――ゴーストのネクロマンスに……

「うお……」

一瞬目眩（めまい）がするくらい無数の声が俺の頭に入ってくる。

前回やりそびれてたのがこんなにいたのか……。

というかこれ……。

――スケルトンのネクロマンスに成功しました
――シャドー（フクロネズミ）のネクロマンスに成功しました
――ゴースト（ワーベアー）のネクロマンスに成功しました

「魔物も交じってる……」
結局千を超えるアンデッドの【ネクロマンス】に成功し……。

――能力吸収によりステータスが向上しました
――使い魔強化によりアンデッドたちの能力が向上します
――ゴースト（ロバート）がスペクターに進化しました
――ゴーストがレイスに進化しました
――スケルトンがスケルトンナイトに進化しました
――ゾンビがグールに進化しました
――ゾンビがドラウグルに進化しました
――ゴーストがレヴァナントに進化しました
――シャドーがゴーストに……

「無限ループだ……」

【ネクロマンス】したアンデッドたちによって俺と使い魔の能力が強化される。

能力が強化されたことで存在進化が起こる。

存在進化によって能力が強化され、それが俺と他のアンデッドたちにまた分配される……というのを何度も繰り返していくうちに、領地は瞬く間に前代未聞の上位種のアンデッドたちが跋扈するゴーストタウンになっていた。

「ま、降りるか……」

『きゅるー』

少し物足りなそうなアールを撫でてやりながら地上に戻ると、ミルムはジト目で、アイルは口を開けて出迎えてくれた。

ロバートは一見いつもどおりだが、よく見ると冷や汗をかいているようだった。ゴーストって汗かくんだな……いやもういまはスペクターだっけか。

「やりすぎよ……」

「いや俺にコントロール出来る話じゃないからな？」

ミルムにも呆れられる始末だった。

「こ……これってもしかしなくても、周りはおばけだらけに……？」

信じたくないという表情のアイルが聞いてくる。

「まあ悪い奴らじゃないから」

「それに貴方の部下になるのだから、もう少ししっかりしてもらわなくちゃ」

「ひぃ……」

怯えるアイルにちょっと不安を覚えるが……まあ嫌でも慣れると信じるとしよう。

「一通りネクロマンスはしたけど、これからどうする？」

『主人様（あるじさま）は我々アンデッドが強くなればなるほどお強くなられるのでしたな？』

「まあそうだな」

そしてその力が使い魔たちに還元される。

『でしたら、我らアンデッドの軍によって、攻略済みのダンジョン周回を行うのはいかがでしょう？』

「おお、流石ロバート」

ダンジョン攻略のメリットはいくつもあるが、その周回を経てアンデッドたちが強くなれば、俺たちも強くなる。

そしてその経験値は他のアンデッドたちにも共有される。さっき起こった無限ループを再び起こせるわけだ。

「異論はないわね」

ミルムも同意してくれるということは問題もないだろう。

「丁度いいし、作戦指揮は全てこの子に任せたらどうかしら」

「そうするか。ロバートに補佐についてもらおう」

「え？　え？」

戸惑うアイルを尻目に勝手に話をすすめる俺とミルム。

『ふむ……そうですな。お嬢様には私が付き、軍の編成を。生産職のスキルを持つ者たちはそのまま街で働かせても……？』

「そうだな。よろしく頼む」

『かしこまりました』

「ちょっとロバート!?　どうして話をすすめてるの！」

当人そっちのけでどんどん話が進んでいた。

まあこのアンデッド軍団がいかに効率よく強くなるかが、そのままアイルの力の底上げにもつながるしな。

「アイル。この領地は一応俺のって扱いらしいけど、俺としては実質、アイルのものだと思ってる」

「それは……」

「だからまあ、基本的にはアイルにこの地をどうしていくかは任せたいんだけど……」

ミルムに目配せをする。

ニヤリと笑って頷いてくれた。

「アイルが軍の統括に積極的じゃないなら、俺がやるぞ？」

「まあでも、その場合は生きた人間の踏み込めないような完全なアンデッドタウンでしょうね」

『私はもうこのような身体ですし、もしかするとそのほうがやりやすいかもしれませんな』

「ひいっ!?　分かりました！　やります！　やらせてください！　お願いします！」

あえてやる気を出させるために言ってみたが効果は覿面だった。

ミルムとロバートの悪ノリのおかげという話もあるが。

「よし。じゃあそっちは任せる」

『主人様たちは？』

「俺たちは未開拓のダンジョン二つを攻略する」

「ダンジョン攻略ですか……ということはギルドに攻略部隊の編成を……」

「要らないわよ」

アイルの言葉をミルムが遮る。

だが遮られたアイルも嫌な顔一つせず納得していた。

「確かにお二人にとっては下手な人数の増加は邪魔でしょう……」

言い終わってから、思うところがあるように顔を伏せたが。

その様子を見たミルムがアイルに告げる。

「二つ目は一緒に行くわよ。それまでに準備を終わらせなさい」

「えっ？」

「アイルも俺たちのパーティーだからな。一つ目は任せておけ、そっちは任せるからな」

「はいっ！」

ぱぁっと表情を明るくしたアイルを見て、ミルムが微笑（ほほえ）んでいた。

面倒見のいいやつだな。

二話　アイルの奮闘【アイル視点】

領地には四つのダンジョンがある。

二つは王都騎士団がこの地の魔物の討伐に訪れた際に攻略されており、その難度はBランク上位からAランククラスと言われている。

そしてその二つの攻略済みダンジョンの対応が、アイルに求められた役割だった。

『して、お嬢様。どうなされるので？』

「まずは持っている情報を集める……ダンジョンに前情報なしにふらっと飛び込むなど、あの二人ほどの実力者でなければ正気とは思えない」

『全くですな。今頃どこまで進まれたことやら……』

アイルは執務室の机に向かい書類と睨(にら)めっこを続けながら二人を思う。

規格外。

二人ほどその言葉が似合う人間をアイルは知らない。

ランドが行った大規模なネクロマンスにより、もはやこの領土の魔物たちはまるで別次元の存在に成り代わっている。

目の前でテキパキと仕事をこなすロバートも、ゴーストからスペクターへと変化したらしい。

スペクターといえばもはや辺境伯家にいた当時なら騎士団を何隊か追加で編成し、さらに冒険者に討伐隊の編成を依頼する大規模作戦が行われてもおかしくない魔物だ。

「あまり聞きたくないんだけど……この地域の戦力確認もしなきゃいけないし……」

『私(スペクター)の他にドラウグルやレイス……さらにはファントムやリッチまでおりますからな』

「もはや国家戦力でも太刀打ち出来るのだろうか……」

『私の知る限りもはや、王都騎士団とやり合っても互角以上でしょうな』

「国家最高戦力と……」

『それだけのものであるということです。そしてその総司令は貴方、この領地を治めた一族唯一のお方でございます』

「どうしてお父様たちもゴーストとして残ってくれなかったのだろう……」

ロバートたちや領民が残った理由はひとえにその心残りの差だ。

領地全てが蹂躙(じゅうりん)され、最後の最後まで良き領主として奮闘したアイルの両親をはじめとした親族は、文字通り魂を燃やし尽くすまで戦った。

一方ロバートたち使用人にとって、その主人たちを守りきれなかった無念が先行した。

ロバートはその実、この結果を恥じ入っている。

魂を燃やし尽くすほどの覚悟が、自分にはなかったのではないかと。

「余計なことを考えている顔ね」

『お嬢様には敵(かな)いませんな』

「気にしないでいいの。むしろ貴方がこうしてここに残ってくれていたからこそ、私もいまここにいられる」

ロバートはその一言で救われる。

『全力でお役に立たねばなりませんな』

「ええ、そうして頂戴」

ダンジョンの攻略情報、自軍の状況把握。

危険なダンジョンに踏み込んだ二人が戻るまでにしっかりやるべきことをやらねばならない。

「私もあそこに並び立てるように……！」

決意を新たに、ロバートの率いる諜報メイドたちがひっきりなしに持ってくる情報を、アイルは懸命に捌(さば)いていた。

三話　未開拓ダンジョン

「攻略情報が残されているのはここまでだったかしら」

　未攻略ダンジョン『奈落』。

　王都騎士団が六十七階層までは到達したらしいが、六十五階層を越えてからはもはや雑魚でも低層のフロアボスレベルとなり撤退。

　想定される最下層はよくて七十、悪ければ百まであると考えられる。

　狼系を中心に魔獣たちが支配している様子から、想定ボスはダークフェンリル、というのが騎士団の残した情報だった。

「そうだな。この先は情報がない」

「とはいえここまではっきり傾向が見えてると分かりやすいわね」

　攻略済みダンジョンと未攻略のダンジョンの差は様々だが、最大の問題はその先に何が現れるか分かっているかどうかの差だ。

　攻略済みダンジョンは準備を整えていけば適正ランクも示されており、安全マージンを取って活動が可能だ。

だが未攻略の場合、次の階層で突然レベルが様変わりするような事故や、予期せぬトラップ、そして想定外のボスなどがピンチを招くことがある。

フェイドたちと入った神滅のダンジョンはまさにそのパターンだった。

だがまあ、六十七階層も進めば自ずとその傾向は見えてくるというものだった。

「露骨に狼系ばかりだもんな」

「それにこれ、現れる魔物のレベルが高くなっていくシンプルなタイプだから、変な罠も少ないわね」

「ああ。でも油断はしないでおこう」

『キュオオオオン』

『グモォオオオオ』

俺の掛け声に呼応してレイとエースが答えてくれた。

残念ながらダンジョンにはアールは入れない。不満そうにしていたが街の周囲の警戒に当たってもらっている。

何か手土産でも持っていかないとだな……。

「それにしても……」

「ええ……」

ダンジョンに入って数日になるが、昨日あたりから何もしなくても自分が強くなるのを感じるのだ。

これはきっとアイルがうまくやっているおかげだろう。

攻略済みダンジョンの情報を整理し、必要なアンデッド部隊を編成してダンジョンを周回する。

ダンジョンから産出するアイテムを集めながら、領地のアンデッドたちが経験値を溜めていく。

そしてその経験値が俺に戻り、俺からまた使い魔であるアンデッドたちに還元されているのだ。

「貴方、いくつスキルが増えたかしら？」

「自分で倒してきた魔獣たちのはほとんどステータス系だったから統合されたみたいだけど、エクストラスキルが四つ増えてる」

「化け物加減に拍車がかかるわね」

「失礼な……」

だがまあ、ミルムの言うことも一理ある。

アイルの頑張りのおかげでほとんど勝手に強くなっていくのだから……。

「この子たちも心なしか大きくなった気がするわね」

「レイはともかくエースはこれ以上大きくなるのか？」

――存在進化によりレイがフェンリルからユニークモンスター『レイ』となりました

——能力吸収によりステータスが向上しました
——使い魔強化により使い魔たちのステータスが向上しました
「なんかもうとんでもないな……」
「ようやく自覚が出来たようでなによりよ」

◇◇◇

その後も特段苦戦することもなく、だが想定以上に長いダンジョンの攻略を進めていく。

「八十階層……」

「そろそろ終わりかしら？」

「傾向を考えるならラスボスじゃなくてもフロアボスが出てくるよな」

『奈落』は非常にシンプルでオーソドックスなダンジョンだ。

階層ごとに強くなる敵と、敵の種族の統一感、そして十階層ごとのフロアボス。

ひねりが無いといえばそうだが、その分純粋な魔物の強さが際立つ。王都騎士団が挑んで途中で引き返したことがなによりこのダンジョンのレベルの高さを表していた。

「ここを攻略すれば外に狼の魔獣が出ることもなくなるかな？」

「むしろ貴方が全部テイムなりネクロマンスなりをすれば済む話かもしれないけれど」

「それは流石に……」

とにかくダンジョンは未攻略、つまり最奥のボスを倒さないと無法地帯と化すのだ。

原理は分からないが、攻略されたダンジョンからは魔物が外に出ることはない。

いま領地を脅かすのはこの二つの未攻略ダンジョンから溢れだす魔物たちということで、出来ればボスまで倒し切りたいという状況だった。

ただミルムの言うような裏技もなくはないなと思ってしまう自分がいる……。

「まあまずは普通に攻略を進めよう」

「そうね。ちょうどすこし、歯ごたえのありそうなのが出てきたわよ」

「レイ、やれるか？」

『キュオオオオオオン』

現れたのはダークフェンリル。

神獣であるフェンリルと対を成すような黒色の個体だ。

大きさ、強さはフェンリルと並ぶ。あのときフェイドたちが逃げ出したミノタウロスよりも強い、間違いなく最強の魔物の一角。

だがいまやもはや、使い魔の一体であるレイだけを見てもそれを超える存在になっている。

「グォオオオオオオオオオオ」

ダークフェンリルが勢いよく吠えられたのはこのときだけだった。

フェンリルからも存在進化を果たしたレイの咆哮がそれをかき消す。

『キュアアアアアアアアア』

「グァ……!?」

身動きすら取れなくなったダークフェンリルにレイが飛びかかる。

物理攻撃も魔法攻撃も一定以上、少なくともAランク相当のものでなければ攻撃が通らないことがダークフェンリルの強みだ。

だがその無敵とも言える黒い毛皮を、いともたやすくレイの爪が切り裂く。

「グァアアアアアアア」

断末魔。

すぐに首元をレイが噛みちぎりそれすらも聞こえなくなった。

――ダークフェンリルのネクロマンスに成功しました
――ユニークスキル『絶対防御』を取得しました
――能力吸収によりステータスが大幅に向上しました
――使い魔強化により使い魔たちのステータスが大幅に向上しました

「この子のおかげで楽に勝ったように見えても、やっぱりそれなりの力があったということかしら」

「そういうことだろうな」

吸収した力を感じ取って実感する。

レイの進化の凄まじさと、自分たちがいかに強くなったかを。

「よくやったな！　レイ」

『キュオオン』

こうして甘える姿だけは、どれだけ大きく、強くなろうと変わっていなかったが。

結局このダークフェンリルがダンジョン『奈落』のボスだったらしく、ここであっさりながら攻略を完了し、俺達は領地に戻ることになった。

◇◇◇

「おお……」

「へえ、なかなか優秀じゃない」

ダンジョンのそばで律儀に待ってくれていたアールに乗って屋敷に戻ってくると、騎士甲冑(かっちゅう)に身を包んだ軍隊が訓練場で一糸乱れぬ動きを披露していた。

騎士甲冑の中身は全部アンデッドだけどな……。

『おかえりなさいませ。主人様』

すぐにロバートがこちらに気付いてやってきた。

「壮観だな」

『ええ、お嬢様が張り切られて……』

アイルは今もアンデッドの軍にしきりに指示を飛ばしている。

すごいな。

「あっ！　戻られたのですね、お二方」

しばらくしてアイルが俺たちを見つけて駆け寄ってくる。

「この短期間によくここまでいけたな」

「いえ……そもそも私がなにかせずとも彼らは強かったので……こうして軍の形をなぞることにどれだけ意味があるかなど……」

アイルの葛藤はまあ理解出来なくもない。

だがこれは非常に重要な意味を持っている。

その点はミルムのほうが先に口を出してくれた。

「これから貴方は人が住まう街を作るんでしょう？　騎士甲冑なら中も見えないし、これだけ統率されていれば住人だって安心じゃないかしら」

その言葉にハッとした様子で顔を上げるアイル。

「それにダンジョン内でも感じていたけど、攻略済みダンジョンの周回もうまくいってるみたいだしな。アイルに任せてよかった」

「それは……その……ありがとう、ございます！」

感極まった様子で答えるアイルが妙に可愛らしく見えていた。

◇◇◇

「これがダンジョン報酬ですか……！」

ダンジョン『奈落』の攻略情報の共有へと話題は移った。

これをもとにアイルが訓練したアンデッド軍団が周回攻略に臨むことになるのだ。

その中で最初の話題は、ダークフェンリルが守る最奥の間に置かれた宝箱から産出されたダンジョン報酬。そこにはレイのためといってもいいくらいの装備が置かれていた。

「可愛いわね」

「まあこいつが喜んでるなら良いんだけど」

『キュウウン』

おいてあったのは首輪だ。

効果は強力な魔物を従えるものだが、親密度に影響を及ぼす点と、さらにその親密度に応じて力が増すという特徴を持っていた。

「この子がこれをつけて強くなって、また私達も強くなったわね」

「お二人が出発されてからというもの、毎日が成長の連続で……こんなやり方でいいのかと思いつつしっかり使いこなせるよう鍛錬を積んでいたところです」

それについては俺も確かにと思っていた。

もうスキルなんていくつ手に入れたか把握しきれていないしな……。

さて、ここからが本題だ。

『して、お二人が感じられた攻略難度から考えて、どの程度の戦力が必要ですかな？』

「そうね。貴方のような上位種を中心に五つくらい部隊があればいけるかしら？」

「どの程度戦力を割くかによるけどそうだろうな」

戦っていた感触でいえば最後のダークフェンリルを含めてそこまでの脅威ではない。

シンプルな強さ比べになるのだから、こちらも上位種をぶつければいいだろう。

そう思っていたんだが意外にもアイルが口を挟んだ。

「お待ち下さい。お二人であれば脅威は少なかったかもしれませんが、『奈落』は攻略情報を見る限り難度はAクラス上位が想定されます。アンデッドとはいえ絶対に死なないというわけではありませんから、この街の貴重な戦力を失わないように安全マージンを……」

アイルの言葉に感心して耳を傾けているとなにか勘違いした様子で突然アイルがわたわたし始める。

「あっ……すみません。出過ぎた真似を……当然そのくらい考えられて……」

「いや、感心して聞いてただけだ。続けてくれ」

「えっ、そ、そうですか！　はいっ！」

どうも自信を失っている節がある。

大方、竜の墓場で実力差を感じているという状況なんだろうが……。

「アイル。俺ははっきり言って貴族や軍の常識がまったくない。それは多分ミルムもそうだ」

ミルムを見るとすまし顔で紅茶に口をつけるだけ。俺の意図を理解してくれているから口出しはしてこない。

それに実際、俺よりは分かるだろうが、人間社会の情報は何年も前で止まっているという部分もあるはずだ。

「アイルのその知識と経験はそのまま力になる。それにこの領地は、アイルがいるからこそこうして成立してる。頼りにしてるよ」

「まあ貴方、放っておいたらここを第二の竜の墓場にしかねないものね」

「うっ……」

領地運営なんてやったことのない俺からすればそうなってもおかしくないだろう……。秩序のないアンデッドタウンは普通の人間からしたら脅威にうつるだろうからな。

ミルムの言葉に何も言い返せなかった。

『お嬢様は、良い方々を連れてこられましたな』

改まった様子でロバートがそう言うと、うつむいていたアイルが顔を上げた。

「全くです」

頬に伝う跡は見なかったことにして、話を続けた。

◇◇◇

『ではこちらで、部隊の編成を進めましょう』

アイルの提案を取り入れる形で『奈落』攻略組の編成が整った。

「そうそうたる面々だな……」

「全部貴方の手下よ」

「そうか……」

ちなみに『奈落』の攻略部隊の筆頭はなんと、ダークフェンリルである。


——ダークフェンリルが使役可能になりました

『奈落』を安心してすすめるためには俺たちでは見えなかった部分まで目を届けられる存在が必要だという話になった際、俺の頭にいつもの声が響いたのだ。

アイルは「こんな化け物と戦ってきたのですか……」と戦慄していたが。

『贅沢な攻略部隊が整いなによりでございます。ここで練度を上げ、もう一つのダンジョンの準備も整えてまいりましょう』

ロバートがまとめた攻略部隊に記されたアンデッドモンスターたちを見る。

ダークフェンリルを筆頭にスケルトンナイトが二十五体。

アイルいわくスケルトンナイトは通常のスケルトンやゴーストたちを率いる指揮官としての力も持つらしいので、この先も軍として活躍が見込める存在ということだった。いわゆる指揮官候補生だ。

そして各層のフロアボス攻略のためにこちらもボスクラスを用意したわけだが……。

「ゴースト系最強のスペクター、ロバート以外にもいるんだな」

『ええ。数は少ないですが』

「こんなの何体もいたら困るわよ。リッチと並ぶアンデッド最上位種じゃない」

ミルムがそんなことを言い出すほどにはとんでもない存在だった。

リッチもそうだ。

ヴァンパイアが最強種として、その直下に位置するのが最上位種。

スペクター、リッチ……ロイグがなってしまったデュラハンもその一つだ。

「レイスとリッチもだもんなあ」

「魔法とトラップ対策ですね。二体いれば常に部隊の周囲に魔法障壁を展開出来ますから」

「贅沢な攻略だ……」

その他、上位種であるファントムやドラウグル、レヴァナントらも引き連れ、総勢五十近い攻略部隊を都度入れ替えながら攻略に向かわせるという段取りに決まった。

「ちなみに今この領地全体での戦力って……」

「最上位種がおよそ二十、上位種は百以上、下位アンデッドですとおよそ千でしょうか」

「すごいな……」

『そこにあなた方お二人と、レイ殿、エース殿、アール殿の三大使い魔が加わりますからな』

「王都騎士団に匹敵する、国家最強の軍を保有したことになります」

「恐ろしい……」

「こちらのセリフです。全てランドさんのもとに集っているのですから」

そう考えるとなんかこう……すごいことになってきたな……。

「化け物ね」

「間違いなくミルムが一番強いからな！」

「私からすればお二人ともです……」

『ですがお嬢様はそんなお二方とともにダンジョン攻略ですからな』

そう。

ここまで綿密に確認した理由はロバートにあとを引き継がなくてはいけないというアイルの思いもあった。

これから挑むダンジョン『栄光』へは、アイルも攻略に向かうのだ。

竜の墓場のときとは違う。戦力としての活躍を期待された上で、はじめてパーティーとして挑むダンジョンだ。

「よろしくおねがいします……っ！」

緊張した面持ちでアイルはそう言った。

四話　ミッドガルドの鍛冶職人

「情報が極端に少ないわね」

ミルムの言う通り、『栄光』に関する情報はほとんどない。

騎士団が四階層で撤退したためフロアボスに関する情報すらないのだ。

分かっていることはゴーレムが出現することと、そのゴーレムたちに物理無効と魔法無効が入り混じるせいで対処が非常に困難だったということだけだ。

「ネクロマンスも使えない相手だしな」

「ゴーレムが相手ならば私のような騎士スタイルの力比べでもお役に立てるでしょうか？」

「そうね。これまでのようにゴリ押しは出来ないフロアボスもいるでしょうし、時間を稼いでくれるのはありがたいかもしれないわね」

ミルムの言うように、ゴーレムのダンジョンは多くの場合力でねじ伏せるのではなく、謎解きのようなダンジョン攻略が求められる。

ある意味では実力がなくても一攫千金を狙える夢のダンジョンなんだが、王都騎士団が撤退せざるを得ないほどの戦力とぶつかりながらでは普通は謎解きなんてしている場合ではない。

「ミルム頼みか……」

「むしろ貴方のほうが向いてるわよ」

「いや俺、自分で言うのも何だが頭が良いほうではない」

自分で言ってて悲しいが事実だ。

ミルムから辛辣（しんらつ）な言葉で追い打ちをかけられる。

「本当にそのようね」

「う……」

「この地にはダンジョン攻略に来ていた冒険者もいるでしょう。それこそそういった、ダンジョンの謎解きを専門としていたトレジャーハンターが」

「ああ！」

そうか。

「ロバート、冒険者だったアンデッドって……」

『こちらに』

俺が言い終わる前にリストアップされた書類を渡してくるロバート。

流石だ。

「この中に……」

リストは持ち物から特定出来た生前の情報と、現在どんなアンデッドになっているかという情報だった。

「グールだと謎解きは厳しいか……？　ゴーストだと数体居るけど……」

連れて行くのはいいが、守り切る自信がない。

考え込んでいるとアイルがこう言った。

「ランドさんは使い魔をそのときだけ呼び出すスキルを持っていましたよね？　それで必要なときだけ呼び出してはどうでしょう？　その間なら私が護衛を担当しますし」

『お嬢様は守る対象がいるほうが力を発揮するスキルを所持しておられますしな。それがよろしいかと』

「なるほど」

なら任せよう。

「決まりね」

ミルムが立ち上がる。

「いよいよダンジョン攻略……」

アイルが緊張した面持ちでつぶやく。

「頼りにしてる」

「はいっ！」

攻略開始は数日後。準備は進めていくとして、今日はひとまずそれぞれ休息を取ることになった。

◇◇◇

『主人様、お取次ぎを求められているお客様がいらっしゃいますが、いかがいたしましょう』

ダンジョン攻略へ向かう前の準備期間として設けた休暇中、ロバートからそんなことを言われた。

「名乗っていたか？」

『ええ。ミッドガルド商会のマロン様と』

「マロンさんか！　すぐに会う。準備をしておいてくれ」

『かしこまりました』

スウッと身体を透過させて離れるロバート。

それでなくても優秀な執事だが霊体をつかいこなしていることによって拍車がかかっているようだった。

◇◇◇

「ご無沙汰しております。ランド様」

「いや、わざわざこんなところまで来てもらって……」

「それは全く問題ありません。非常に面白いものも見られましたしな」

アンデッドタウンとなったこの領地を見て面白いというあたりが流石というかなんというかという感じだった。

あれからこちらは色々あったので一時頭から抜けていたんだが、ミルムの渡したコウモリを通じて近々来ることだけは伝えられていた。

装備の製作の目処(めど)が立ったか、あるいはもう出来上がったということになるはずだ。

「で、来てくれたってことは……」

「ええ。ご依頼いただいておりました装備の件でございます」

だがその表情は暗い。

不思議に思っているとミルムが口を開いた。

「死の匂いがするわね」

「死の匂い……？」

何事かと思っているとマロンさんが頭をかき始めた。

「流石は死の王とまで称されるヴァンパイアロード様といったところでしょうか……」

一瞬そう言って苦笑いを浮かべたマロンさん。

次の瞬間には真剣な表情に戻り、状況を伝えてくれた。

「単刀直入に申し上げましょう。我が商会最高の職人であったセラ……ハイエルフとドワーフのハーフと申し上げたあの職人が……亡くなりました」

俯くマロンさん。

その表情は商会の損失や俺達との取引への影響以上に深刻なものを感じさせていた。

もちろん死という大きな出来事がそうさせる部分もあるだろう。

だがセラと言ったか……その職人とマロンさんの個人的なつながりや想いが、彼をその表情にさせているように感じ取れた。

「連れてきているのでしょう？」

「お気づきでしたか……あれから私もネクロマンサーというものについて調べました。ですがランド様以外の情報にたどり着くことは出来ず……それでもランド様の情報を頼りに、この状況でもなにか希望があるのではないかと思い……」

それは商人の言葉ではなかった。

マロンという個人の、一人の人間としての切実な願いだった。

「本人に未練は……？」

「それはそうでしょう……なにせ最後になった剣は間違いなく過去最高の素材で、過去最高の出来栄えが約束されていたと判断出来るほどの状態でありながら、工程の途中で息絶えておりましたから……」

「なるほど……」

それならいけるかもしれないな。

「どちらにしても早いほうがいいんじゃないの？」

「そうだな。マロンさん、職人の遺体は……？」

「こちらです」

大量に持ち込まれたと思っていた荷物の中に、たしかに棺（ひつぎ）になっている木箱があった。

「随分小さい……って女か!?」

ドワーフと言っていたし職人と言っていたからてっきりむさ苦しいおっさんかと思っていたら、見た目は十歳くらいにしか見えない少女だった。

まあいい。今はそれどころじゃないな。

ただ……出来るか？

「遺体があるからと言っても……俺のスキルって霊体を捉（とら）えて初めて使える気がするんだけどな……」

「貴方、いつも対象なんてあとまわしで手当り次第じゃない」

「なんか人聞きが悪いな……」

でもまあ確かに最近は対象を指定してやるより広域にとにかくスキルを展開するほうが多かったかもしれない。

まあ……やってみるか。

「【ネクロマンス】」

――セラと盟約を結びました
――エクストラスキル【目利き・特級】を取得しました
――能力吸収によりステータスが向上しました
――使い魔強化により使役する使い魔の能力が向上します

「出来たようね」

「そうみたいだな」

ネクロマンスに成功した感覚はミルムと共有される。

状況がつかめないマロンさんはそわそわしていたが……。

『む……ここ、は？』

遺体から霊体だけが起き上がるようにセラが目覚めた。

「セラ……！　セラなのか！」

『む……マロン……どうしたの、そんなに慌(あわ)てて……？』

「セラ……良かった……セラ……」

事態についていけていないセラに対して、マロンさんはただひたすら涙を流していた。

◇◇◇

『そう……私は、死んだんだね』

マロンさんを落ち着かせ、とにかく状況を整理するために一度全員でテーブルに座る。

改めて話を聞くと、マロンさんの口からセラを娘同然に可愛がっていたと聞かせてもらった。

道理で必死になるはずだ。

「ありがとうございます……」

涙ながらに感謝するマロンさん。

ただ死んでることは変わらないだけに感謝されて良いものかも微妙だな……。

まあ当人であるセラは気にする素振りをみせていないし、保護者のマロンさんが感謝しているのならそれでいいのか。

良いということにしよう。

『状況は、分かった。助けてくれてありがとう。出来ればすぐ、工房に戻りたい。今なら、前より良いものが作れる気がする』

セラのマイペースっぷりは、このわずかな時間話しただけで分かるほどのものだった。

同時に興味の全てを装備製作に傾けているため、寿命が長いのに常識がないともマロンさんは言っていた。

まあ想像とは違う方向ではあったが、職人らしい職人であると言える。そういう意味では信用出来る相手だった。

「ロバート」

『はっ……こちらに』

「この領地の鍛冶施設はどこに？」

『元々冒険者が多かった地域柄ですから、各地にございますが……最も設備が良いのはこの城下町で廃墟となっていた場所かと』

「じゃあそこを片付けて……」

『いつか使うと思っておりましたのですでに準備は整っております』

流石の対応だった。

「というわけだけど、見ていくか？」

『ん……場所はどこでもいい。設備がなければ、それから作る』

頼もしい限りだった。

◇◇◇

「ほう……これは、元々セラが使っていた場所よりも良いかもしれませんな」

ようやく調子を取り戻したマロンさんがそう告げる。

ロバートの案内でやってきた鍛冶場は素人目にも綺麗に整えられており、それでいていつでも動き出せるようにメンテナンスまで施されたいたれりつくせりの環境だった。

もっとも俺は鍛冶の知識がないのでこれでどの程度のものなのか、これから何が足りないのかは分からないが……。

『十分』

セラがそう言ったということは大丈夫なんだろう。

こちらのことなど気にかける様子もなく、早速周囲の素材を集めながら作業に入るセラ。

この辺りは保護者に聞いたほうがいいか。

「マロンさん、作業するに当たって足りないものは何になりそうとか……」

「そうですな……セラは普段から素材さえ置いておけば常になにか作れるものを作り続けるので……」

「ならとりあえずはそれで……マロンさんと俺が話している間はここにいてもらおうか」

『素材はダンジョンから産出したものが各種ございますのでこちらへ運ばせましょう。ついでに雑務を担当するものたちも呼び出しておきます』

ロバートがテキパキと準備をすすめる。

「これではこちらの居心地が良すぎて戻ってこなくなりそうですな」

マロンさんは笑って……いや若干表情を引きつらせてその様子を眺めていた。

多分だが戻ってこなくなることはそんなに気にしていない。

それよりもロバートの段取りの良さに目を奪われているようだった。

◇◇◇

「さて……」

改めてマロンさんとの話に戻った。

要件は装備と渡した金額についての話になるのだが、その前に決めておきたいことが出来たしな。

「まずはセラのことを」

「そうですな……まずは、もしご迷惑でなければセラはあのままこの領地で、というのは」

「実は俺もそのほうが良いんじゃないかって思ってた」

俺にとってはもう慣れたものとはいえ、アンデッドとなったセラはおそらくこの領地のほうが何かと都合がいいだろう。

元いた場所を知らないが、アンデッドにとってここより良い場所はないと断言出来る。

「元々セラは多くを望むことがありませんでしたので、施設の内容は特に問題なく……いくつかの道具を運べばこれまでと同じように動けるかと思います」

「そうみたいだな」

さっきの様子を見ているだけでなんとなく分かる。

むしろ運ぶのが遅れれば本当に自分で全部作り出しそうだった。

「それでですな。ここからは商売の話になりますが……」

マロンさんの表情が変わる。

「まずセラについて、彼女は必要ない金額を受け取ろうとしなかったため、そもそもセラの財産だけでもかなりのものになります」

「前にも言ってたっけ」

「ええ。まずこのセラの財産について、その全額をランド様のこの領地へ」

「え？」

「金額はこのくらい……これを用いてぜひ、セラのためにもこの領地や設備への投資をお願い出来ればと」

「いやいや、流石にこれはマロンさんが管理したほうがいいだろ?!」

示された金額が大きすぎる。

そりゃあの大商会の人気シリーズを産み出した職人の貯蓄なのだからそれなりだとは思っていた

が、これはちょっとこちらで扱い切れる範囲ではない。

「これから領地の管理も行われるとのこと、このくらいの金額は必要になるはずです」

マロンの言葉に対する判断基準を持たない俺はとりあえずロバートを頼ることにした。

『このままこの地をアンデッドタウンにし続けるのであれば正直、全く費用はかからないどころか今もダンジョンから資金源はどんどん手に入ってはおりますが……それらを流通させ、人の流れを作り、正常な都市として動かしていくことを考えれば、あって困ることはないかと』

もちろん軌道に乗ればともかく、それまでは持ち出す金額の桁(けた)はこれまでの感覚とは異なると付け加えられた。

「まあこの金はどのみちセラのものだ。セラに決めてもらおう」

絶対にどうでもいいと言われることは分かっているんだが、とりあえず問題を先延ばしにした。

俺の回答に一応納得した表情を見せるマロン。

「かしこまりました。ではそちらはそれで構いませんが……ぜひお役に立てていただけると幸いです」

「善処するよ……」

「では本題へ。まずは我々ミッドガルド商会は、ランド様のこの領地での商売の許可をいただきたい」

「売る相手がいないぞ？」

「これから間違いなく増えるでしょう。私からすればこの誰もライバルがいない状況で準備を進められることは大きな武器になる。そしてこれはランド様にとっても悪い話ではないはずです」

マロンさんの意図は分かる。

ミッドガルド商会は非常に大きな商会だ。その直営の店がある上に、公表するかは置いておくとしてミッドガルドシリーズの製作者までいるとなればそれを求めて人はやってくるだろう。

人が来れば金が回る、それはそのまま領地を支える税につながるのだ。

「この地での利益の三割ほどを納めさせていただく、という形ではいかがでしょう」

「三割も？」

「ええ。そして今後セラが生み出した商品についてはその売上を折半いたしましょう」

よし。もうややこしい話はロバートに任せよう。

もはや俺にはぼられていても優遇されていても分からなくなってきた。

「頼んだ」

『かしこまりました。ではマロン様、よろしくお願いいたします』

ミルムも一応横にはいるんだが入ってくる気配はなかった。

ということはまあ、マロンさんはこちらにある程度有利な話をしてくれているんだろうとは思っていたが、細かい話になるともうわけが分からない。

とりあえず二人の会話を聞いていると……。

セラのに関しては、個人的な装備作成は素材さえ渡せばいつでもやってくれる状況になるとのこと。

これは非常に大きなメリットだった。

そしてセラは放っておいても素材さえあればどんどん新作を作るという。

むしろ素材の提供が遅れると住居を壊して素材を回収し始めるという恐ろしい話も聞いた。これは切らさないようにロバートに頼んでおくとして……マロンさんも定期的に持ち込むという話になったようだ。

そして生まれた新作はミッドガルド商会で販売、その売上を半分ずつにするとか。

またセラが生み出したもののレプリカ品については利益の半分を貰う形にするらしい。

半分も良いのかと思ったが口は挟まないでおいた。

他のものは当初言っていたように三割程度。だがこのあたりは随時様子を見て調整ということになったそうだ。

むしろ最初は税なんかいらないから人に来てもらったほうがありがたいしな。

「ふむ……ではこれで」

『ええ。ああそれから、従業員についてですが』

「お願いしようと思っておりました。見たところ人前に出しても全く問題が無さそうなアンデッドも多くいるようですしな」

ん？

「もしかしてミッドガルド商会の店で働かせるのか？」

「ええ。もちろんその分の給与も納めさせていただきます。私としても労働力が安定して確保出来るのは非常に大きいですからな」

ということだった。

「とりあえず、これからもよろしく……ということでいいのか？」

「ええ。まずは旧工房からものを数日以内には運ばせましょう。お預かりしていた金額を含めてセラの遺産はその際こちらに運び込ませていただきます」

「まあ、どう使うかは置いておくとしてそれで良いか」

「ええ。では今後ともぜひ、ご贔屓(ひいき)に」

にこやかに微笑むマロンさんと握手をして、ロバートに投げっぱなしの商談が終わった。

俺はそうだな……難しい話は置いておいて、次のダンジョン攻略の準備でも考えておこう。

横でお菓子をほおばるミルムもきっと、そんな感じだったんだろうな。

五話　未開拓ダンジョン『栄光』

「ここがダンジョン『栄光』ですか」

アイルはやはり緊張した表情でそう言った。

ダンジョンの入り口は、見るからにダンジョンらしい雰囲気を醸し出す典型的な遺跡スタイルだった。

「一階層から三階層は物理が無効、だったかしら」

「そうだな」

前衛が食い止めて後衛が薙ぎ払うのが基本攻略スタイルになる。

だがミルムは……。

「ならそこまでは私が先導するわ」

まあ、ミルムの魔法なら前衛の足止めなどする必要もなく薙ぎ払えるのだろう。

「任せる」

「私は物理が効かない相手では特に何も出来ませんので……」

　というわけで攻略が開始された。

「いよいよですね！」

「まあ、あまり緊張して固くならないようにな」

「そうよ。死んでも問題ないパーティーなのだから」

「いや、それは問題だろ……」

　冗談とも本気とも取れないミルムの言葉を受けながら、ダンジョン『栄光』の攻略を開始した。

◇◇◇

「凄まじいですね……」

「俺もびっくりだよ」

　宣言通りミルムが自ら先陣に立って、見える範囲に現れる全てのゴーレムを瞬時に破壊し尽くす規格外の力を見せつけていた。

　そのおかげで三階層までの攻略は文字通り瞬殺だった。

　あっという間すぎてアイルがまた自信を喪失しているくらいだ。

「これ……私は必要だったのでしょうか……」

「これからだから、な？」

「そのとおりよ。ここからは物理でしか倒せない相手も現れる」

三階層までとは雰囲気が変わる。

王都騎士団をもってしても何も出来ず引き返すことを余儀なくされた四階層。

うごめくゴーレムたちが、これまでとはまるで違うオーラを放っていた。

「私の予想が正しければだけれど、もうすでに力でねじ伏せるステージは終わっていると思うわ」

ミルムがゴーレムを破壊しながらそう告げる。

だが破壊されたゴーレムはまたたく間に元の姿に再生し、再びミルムに襲いかかっていた。

「私もそう思います。お二方なだから強引に押さえ込めていますが、およそ人の力で突破させることは考えていない強さです」

アイルが迫りくるゴーレムの攻撃を受け止めながら言う。

一撃で倒せる俺やミルム、そして互角以上に戦えるレイやエースがいてなお、アイルが戦闘に参加せざるを得ないほどにゴーレムの数が増えているのだ。

ましてやゴーレムは破壊してもすぐに再生する。このままゴーレムたちが集まってくればジリ貧だった。

「喚(よ)び出すぞ」

「ええ」

【宵闇(よいやみ)の棺(ひつぎ)】を使い、元冒険者のゴーストを三体召喚した。

「このフロアの秘密を探ってくれ！」

　ロバートとは違って意思の疎通が言葉で図れるほどには安定していないが、こちらの指示はつたわるようですうっとゴーレムたちの身体を透過してダンジョンの探索に進みだした。

「便利だな」

「しっかり対応しないと、貴重な領民を失うわよ」

　俺がすっかり油断していたところで、ゴーストの一体に向けてゴーレムが光線のようなものを放った。

「助かった」

　ミルムが間一髪（かんいっぱつ）、【夜の王】でゴーストを守ったことで無傷だったが、あれだけのエネルギーを浴びればゴーストは消えていただろう。

「アイル、レイ、エース、それぞれ一体ずつ守れるか？」

「おまかせを」

『キュオオオオオン』

『グモォオオオオオ』

　三体のゴーストにマンツーマンで守備にあたってもらう。

　その間に俺たちは……。

「やれるだけやりましょう。久しぶりに羽を伸ばせるわね」

何も言わずとも理解したミルムが戦闘モード特有の金色の瞳を輝かせた。

普段は隠している羽を広げ、ミルムも広くなった戦場で暴れ始める。文字通り羽を伸ばしているな……。

……というかさっきまでのは本気じゃなかったのか。

「すごいな……っと、俺もやるか」

【黒の翼】と【黒の霧】を発動させ、俺も戦闘モードを取る。

【夜の王】を駆使してなるべく多くのゴーレムたちを引きつけて破壊。再生したらまたすぐに破壊を繰り返した。

ちなみにミルムは俺が一体のゴーレムを倒す間に五体は粉々にする。

なんか楽しそうだな……。ストレス発散のために攻略後もここを使うのはありかもしれないと思い始めていた。

◇◇◇

「なるほど。ゴーレムに種類があるのね」

「で、三体で一組、そいつらを順番通り倒せば再生しないわけか」

よく見れば三体一組が十セットで合計三十のゴーレムが再生を繰り返しているだけだった。

たまたま順番通り壊れたらしい二組のゴーレムがすでに再生しなくなっているので残りは二十四体。

「仕掛けが分かればあっさりね」

「そうだな」

ゴーレムの頭頂部に記された文字が順番を表していたらしい。

確認しながら次々粉砕していく。

だがそんな様子を見たアイルはゴーレム一体を必死に食い止めながら力なくつぶやく。

「お二人がおかしいだけで普通は仕掛けが分かってもこんな数相手に出来ませんからね!?」

と。

◇◇◇

結局ダンジョン『栄光』の攻略は非常にあっさり終わった。

四階層は仕掛けは単純だが力押しが必要なところだったのに対し、その先はどこも謎解きがメインのような仕掛けになっていたため、冒険者たちのゴーストとアイルたちが張り切ってくれたおかげで俺とミルムはほとんど何もせずに付いていくだけで攻略が完了した。

「これは……？」

ダンジョンの最奥。

アイルが恐る恐る開いた宝箱に納められていたのは、一本の短杖だった。

「へえ。なかなか良い品質……神具クラスかしら？」

ミルムがそう評するくらいには強いオーラを放つ杖だった。

「そうだな……多分これ、ゴーレムを作り出すことに特化した杖だ」

「あら。いつの間に鑑定を覚えたのかしら……？」

「セラと盟約を結んだときに【目利き】ってスキルを取得したからそれか」

「少なくともエクストラスキルね、神具クラスの鑑定が出来ているのだから」

「何でもありですね、ランドさん」

アイルのつぶやきに返す言葉がなかった。

「にしてもゴーレムを作り出す、か」

「錬金術師でも入ればこのダンジョンの再現が出来るんじゃないかしら？　貴方使えないの？」

「無茶言うな……ネクロマンスしてきた中に錬金術師はいなかったな」

「そう」

ただセラあたりは使いこなせる気がしないでもない。

セラなら効果を含めて鑑定しきれる気もするし、持っていくとしよう。

「アイルが使えそうなものがあればよかったんだけどな」

「そうですね……神具でもあればもう少しお役に立てるかもしれません……」

表情を暗くするアイル。

何か勘違いさせてしまったようだった。

「そういう目的じゃないぞ？」

「では、一体……」

「今回のダンジョンで一番頑張ってくれたのはアイルだから、それだけだよ」

目を見開くアイル。

本当に自己評価が低い……いやミルムを見ていれば自信を失うのも無理はないか。

「まあ、少なくとも貴方がいなければ私たちは倍以上攻略に時間がかかったでしょうね」

「そのとおりだな」

どうしても力押しに頼りがちなのだ。

ミルムは知的なオーラもあるんだが意外とそのあたりはパワーで押すところがある。というかそれでも十分ゴリ押せるのが問題なんだが……。

四階層も順番など気にせず破壊の限りを尽くしていただけで二組は粉砕していたわけだしな。

「アイルの装備はセラに頼めばいいか」

「そうね。このダンジョンは鉱石は有り余っているようだし」

ダンジョン『栄光』はゴーレムが無限湧きできる程度には鉱石が豊富だった。

そのためにツアーを組んでいいと思えるほどには。

「と、いうわけで、アイルはまたここの周回メンバーを考えてもらわないといけないし、それが安定すればその素材でセラに改めて依頼も出来る」

そう言うとアイルは少し緊張した面持ちでこう答えてくれた。

「はい！　精一杯がんばります！」

◇◇◇

『お疲れ様でございます。主人様。早速で申し訳ありませんがお耳に入れたいことが』

ダンジョン攻略から帰ってくるなりロバートに捕まった。

わざわざこのタイミングでロバートが呼び止めるのだからそれなりのようなのだろうな……。

「何があったのか？」

『マロン様より言伝（ことづて）がございます』

「マロンさんが？　帰ったばかりだろう？」

ダンジョン攻略に向かう直前まで街に滞在していた。いやむしろそれからもしばらくいたんじゃなかったか？

街に一般人を入れるに当たってアンデッドたちの身なりについてアドバイスをもらっていたはず

だ。

そしてそのままアドバイス通りに商品を発注しているから、しばらくすれば人前に出られるアンデッドたちが街を作り始める計画だが……。

まあいい。そちらはもう任せきりだしな。

「で、何があったんだ？」

『情報収集を頼んでいた件でございます』

「あー」

マロンさんには商談の他にも依頼をしていた。

俺たち、特にヴァンパイアであるミルムやアンデッドに敵対することになりそうな相手に関する情報だ。

特に今注意を払うべき魔術協会については念を押して頼んでいたんだった。

『魔術協会、会長ミレオロの動向は現在、関係の深い者たちであっても追えないような状況だそうです』

「行方不明ってことか？」

『ええ。どこかに身を潜めているとのことですが、何せ研究施設は無数に存在するそうでして……行方が分からないときは決まって何か公に出来ないことを行うときだとか』

「分かりやすいというかなんというか……」

一度正面からやりあってミルムの実力を感じ取ったからこその準備期間だろう。

入念な相手だった。ただでさえ俺は勝てなかったというのに……。

『マロン様からの言伝の内容はこうです……あの女ならば必ず勝てる準備を整え襲ってきます、相手の想定を超えた準備を、と』

「なるほど……」

気になるのはミレオロだけでもないしな。

メイルとクエラもいるのだ。二人とも敵対するとなれば強敵になるはずだった。

『セラ様の作る武器はそのための一つの武器になります、ともおっしゃっていました。とはいえこのアンデッドタウンの仕組みを考えれば、相手がいかに準備しようとも数で対抗出来そうなものですが』

「数も揃えて、その上でミルム対策をしてくる、ってわけか」

『どこから揃えてくるかは分かりませんが……』

「ありがとう。まあ最悪王都騎士団にも貸しがあるようなもんだし、数はこちらも考えよう」

『そうですな。いざとなればそのあたりの死体を集めてくればよろしいかと』

「冗談……だよな？」

微笑むだけのロバートに深入りするのが怖くなったのでそれ以上話を続けるのをやめておいた。

六話　領地開拓の結果

「セラ、いるか？　って、すごいな……」

所狭しと並ぶ武具に目を奪われる。

無事マロンさんからの物資も届き、セラの工房は以前のものより使い勝手も良くなったようだが、

工房にはもはや足の踏み場がない状態だった。

『ん？　あぁ、ランド、いらっしゃい』

作業の手を止めずに一瞬こちらを見た後セラが答える。

そしてすぐまた作業に戻るのでこちらから近付くことにした。

とはいえ進むのも難しいほどに色々積み上がってるんだけどな……。

「一度貴方の【宵闇の棺】に入れたら？」

「そうだな……いいか？」

『ん』

セラの了承を得て一通りのものを仕舞い込んでから改めて近くまで向かう。

「お土産だ」

『ん？』

差し出したものを見て初めて手を止めるセラ。

『これは……！』

ダンジョン『栄光』の報酬、ゴーレムの杖。

すぐにその効果を【目利き】したらしい。

『すごい……ダンジョンの報酬？　神具級……これ、バラしていいの？』

お土産という言葉がどうやらそちらの意味に捉えられたらしい。

「バラしたかったらそれでも良いんだけど……って待て待て、さっそくとりかかるな。その前に提案だ」

『ん……なに？』

手を止めて首を傾げながらこちらを見つめるセラ。

小動物感が強い。

いまはまあいいか。

「見たところ助手が足りないんじゃないか？」

『助手？　要らない。いまは食事も睡眠もいらない身体になった。感謝してる』

感謝の方向がおかしい……。

「まあそれはいいんだけど……こうも周りが散らかると材料の運び込みが出来なくなる」

『それは困る……材料がないと作れない』

しゅんと下を向くセラ。

「だからこいつだ。セラなら使いこなせるだろ？　ゴーレムたちに材料運びと完成品の仕分けをしてもらってくれ」

『なるほど。分かった』

言うが早いか、セラは杖を軽く振る。

すると地面に残っていた武器や材料の破片などがかき集められ、ダンジョンで見たゴーレムのミニサイズ版が数体工房に姿を現した。

『これでいい？』

「ああ……すごいな」

いくら神具とはいえ、いや神具だからこそ驚いた。

こうもあっさり使いこなせるものなのかと……。

『使ってみて構造は分かった。バラすのはまた今度にする』

「そうしてくれ」

ゴーレムたちに寿命のようなものがあっても困るしな。

作り出されたミニゴーレムたちは早速周囲の片付けを開始している。

俺も【宵闇の棺】にしまったものたちを取り出してゴーレムに渡していくことにした。

と、それだけじゃなかった。

「『栄光』で採れた鉱石たちだ。これからは定期的にこのあたりの素材は入ってくるようになる」

ダンジョン『栄光』はクリア報酬こそ杖だけだったが、攻略中の各所で鉱物の産出が確認された。

定期周回の中でそれらの回収も頼んでいるので、これからも安定供給出来る予定だ。

俺の【目利き】ではいまいち判別出来なかったが明らかに知ってる金属より重かったり軽かったり硬かったりと素人目にも特殊なものが多いので、そのあたりの鑑定は全てセラに丸投げすることにしたのだ。

『これ……鍛えれば相当なものになる』

「そうなのか」

『ん……ダンジョンにはミスリルゴーレムやオリハルコンゴーレムもいた？』

「いや……パッと見そういうのは分からなかったけど……どうだミルム？」

「私は気にせず壊してしまったから分からないわね……」

ミルムにかかるとただの石で作られたゴーレムもミスリルやオリハルコンも同じだからな……。

「アイルは？」

これまで黙って付いてくるだけだったアイルに振る。

「私ですか!?　えっと……詳しくは分かりませんが、オリハルコンゴーレムに相当するものはいたかと……」

「そうだったのか」

「はい。珍しい相手なのにお二方が何の感慨も受けておられなかったので私も触れなかったのですが……」

「今度から珍しいものを見たときは是非教えてくれ」

途中から俺も楽しくなってきてちゃんと見てなかったからな……。

石と金属の違いは分かっても金属の種類まで意識していなかったのと、俺も若干……ただの金属とオリハルコンの差など関係ない威力で暴れてしまったというところがある……。

「分かりました……とにかく珍しい金属が目立ったのは確かです」

アイルの言葉を聞きながらセラは金属を観察する。

『なるほど……分かった。これと、こないだマロンが持ってきてた素材でなにか作る』

マロンが持ってきた素材……。

おそらく俺たちが渡した虹貨（こうか）を使って調達した貴重な素材だろう。

「期待してる」

『ん……』

短く返事をしてさっそく作業に取り掛かるセラ。

エクストラスキルを超えるレベルの鑑定眼を持つセラなら俺たちがわざわざ何か言うまでもなく

必要に応じた武具を作ってくれるだろう。

しばらくセラの作業風景を見守ってから、俺たちも工房をあとにした。

◇◇◇

すでに四つのダンジョンは周回コースとして稼働を始めており、毎日潤沢な資源がセラの工房に運び込まれていた。


ダンジョンの攻略も終わり、マロンさんからの物資も無事届いた。

『ええ。いってらっしゃいませ』

「じゃあ、留守は任せる」


領地開拓の部分では一段落と言えるだろう。

アンデッドしかいない街ではあるが、自我のあるアンデッドも見られるようになっており、そういった種はマロンの運び込んだ物資によって人間と変わらない生活が出来るように見た目をいじれるようにしておいた。

そういった者たちに街の施設の管理を任せたので、ダンジョンの周囲の街は一見すればちらほらながら人が動いているように見える状態になった。

「これでいつでも人は受け入れられるわけだ」

「まあ、いてもいなくてもいい状態にはなったわね」

「本当にありがとうございます……しっかり棲み分けも出来ていますし、これなら混乱もほとんど起こらないでしょうし、領地が活気づく未来もそう遠くないように思います」

自我がほとんどないゴーストやゾンビのような種はダンジョン周回の他、各地の農地開拓にあたってもらっていた。要するに裏方だ。

アイルが言ったようにアンデッドらしいアンデッドはもう街にはおらず、ロバートとその直属のメイド部隊の管理によって規則正しく生活を送っているらしかった。

「で、王都には何をしに行くのかしら？」

「さあ？　セシルム卿に呼ばれただけだからな……」

セシルム卿は辺境伯領を離れ、王都にいるとのことだった。

魔術協会に対する牽制や、王都騎士団との話し合いで出向いたんだろうけど……。

「なぜ私まで呼ばれたのかは気になりますね……」

「うまくことが運んでいるなら私たちは必要ないのだから、まあなにか面倒なことになっているんでしょうね」

ミルムの言う通り、まあスムーズにことが運んでいない雰囲気だけは手紙から察することは出来ていた。

「もしかするとランドさんの爵位が伯爵位以上になるから王城に呼ばれている……とかでは？」

「だとしたらセシルム卿からしか手紙が来てないことが不自然だな……」

「どのみち行かないと分からないのだからさっさと行けばいいじゃない」

「それもそうだな」

アイルの慰めはありがたいがいまここで話していても仕方ないのは事実だ。

「じゃあ、頼むぞ」

『きゅるー！』

アールを喚び出すと嬉しそうに鳴いて甘えてきた。

アールに任せれば王都も一瞬だろう。

領地のことはロバートに任せ、俺たちは王都に向かうことになった。

七話　王都騎士団

「いやあ、悪かったねえ。呼び立ててしまって」

「いや……それは良いんだけど……」

「アイルも、逞しくなったように感じるよ。嬉しい限りだ」

「ありがとうございます」

王都の一角、貴族たちの屋敷が立ち並ぶ地域にセシルム卿も屋敷を持っていたようだ。

ここなら内密な話が出来る。

一瞬和んだ俺たちだが、顔つきの変わったセシルム卿を見て俺も姿勢を正した。

「私が呼び出したということがそのまま、どういう事態を招いているかを示してしまうのだけどねえ……」

セシルム辺境伯が苦笑いしながら話を続ける。

「今回の件、魔術協会は思った以上にうまくやっているようだよ」

「というと？」

「ことはすでに国の中枢部にまで広まっていてねえ。流石に私ではすぐには動かせる状況じゃないのだよ」

「国の中枢部……」

「魔術協会と最も繫がりが深いのは、軍部でね……」

セシルム卿が力なくそう言う。

軍部……。王都騎士団のその上というわけか。

そしてこの国においては法の下に取り締まる役割も、騎士団や軍部の管轄だ。

つまり……。

「ミレオロに付いていった例の二人は、まんまと逃げ切ったというわけね」

「このままだと、そうなってしまうねえ……」

クエラとメイル。

本来であれば王都騎士団は冒険者ギルドと並んで中心となって捜索に当たらなければならない立場のはずが、軍部の意向により身動きが取れなくなったと。

「ということはギルドに……いや待てよ？」

「気付いてしまったね……冒険者ギルド、とりわけ王都のギルドに関しては……」

「一番軍部とずぶずぶだった……」

頭を抱える。道理でセシルム卿が俺たちを呼び出すわけだ……。状況が思っている以上にひどかった。

ギレンがいるからと安心していたギルドそのものが敵対するとなれば、それはすなわち冒険者たちを敵に回すことになる。

クエラやメイルと同格のSランク冒険者たちがゴロゴロ俺たちを脅かす状況すら、ありえない話ではなくなったということだ。

「で、私たちを呼んでどうするつもりなのかしら？」

「ああ。もはや力押しでいくしかないからねえ。魔術協会につくのが良いと考えるか、それとも君たちにつくのが良いと考えるか」

「それ……勝ち目あるのか？」

魔術協会はそれこそ国の中枢部に直接影響を与えるほどの大組織だ。

一方こちらは……。

「なに。馬鹿にしたもんじゃないだろう。君は立派な領主だし、後ろ盾は辺境伯である私だ。そして君の背後にはあのミッドガルド商会が控える。更に管轄地域における冒険者ギルドの覚えもめでたいSランクパーティー。申し分ない条件だと思わないかね？」

こう並べ立てるとたしかにとんでもないメンバーに囲まれた感はある。

だが相手は魔術協会、軍部を中心に騎士団と冒険者ギルドそのものだ。

普通に考えれば絶望的な戦力差だが、セシルム卿は強気にこう続ける。

「何よりも大きいのは、君たち自身の価値だ」

「俺たち自身……？」

「なるほど……ミレオロにつくよりも私たちに付いたほうが良いことを、この王都で知らしめるというわけね」

「そういうことさ」

セシルム卿の顔はすっかり悪巧みをする子どものようになっていた。

「まずは君たちの力を王都騎士団に見せつけようじゃあないか」

「実力……？」

セシルム卿の話はこうだった。

「そうさ。実力のあるものは相手の立ち姿だけでも力量を見極めると言う。私もこう見えて一応の鍛錬は受けてきている身でねえ。君たちはもちろんアイルにも及びもしないが……それでも君たちから溢れる強者の風格は感じ取れる」

その言葉にすかさずミルムが突っ込んだ。

「目（ま）の当たりにしたからではなくて？」

「まあそれもあるだろうねえ。とはいえ相手は王都騎士団。その程度の品定めをする眼は持っていると信じたい……まあそうじゃなくても今回も同じさ。同じことをやる」

「同じこと……？」

「模擬戦、ね」

「ああ。こちらからの提案を向こうは断るすべなどないのだからねえ」

「なるほど」

まあそれが一番分かりやすくて良いだろう。

「えっ!?　私もですか!?」

「当たり前じゃあないか。私にも見せてくれたまえ。二人についていったことでどこまで強くなったかをねえ」

戸惑うアイルに対してセシルム卿は楽しそうに笑みを浮かべるだけだった。

◇◇◇

「これはこれは、よくぞお越しいただきました。本来であればこちらからお伺いせねばならなかったところを……」

王都騎士団。

団長ベリウスは腰の低い男だった。

「いやいや、こちらこそすまないねぇ、突然お邪魔してしまって」

「そんなことはございません。お忙しい中すみません……それにまさかあのドラゴンゾンビ討伐の英雄が直々（じきじき）に来られるとは……」

セシルム卿の言葉に答えてすぐ俺とミルムのほうに視線をよこすベリウス団長。

同席する副団長のガルムはこちらを見て何故か顔色を悪くしていた。

団長のベリウスは体格こそ大柄なものの、その顔にはしわも走る程度には老けている。

同じ団長だったはずのロイグのことを考えるとかなり年齢差を感じる。

一方ガルム副団長はどちらかといえばロイグの雰囲気に近かった。

切れ込みの目立つ坊主頭をはじめ、見える範囲だけであちこちに傷が付いている、一見して分かる猛者（もさ）だ。

「さて、お互い忙しい身だ。早速だが本題に入らせてもらおうかね」

セシルム卿がそう促したことで話が始まった。

ほとんど同時にお茶菓子が運ばれてくる。

まんじゅうか、ミルムの目が輝いているが今日の目的を考えるとあまりバクバクいってほしくはないんだが……言うだけ無駄か。

幸い相手も特に気にする素振りを見せず本題に入った。

「今回の件、騎士団としても重く受け止めております。元団長のロイグのことに関しては本来我々が真っ先に動かねばならなかったところを救っていただき感謝してもしきれません」

深々と頭を下げるベリウス。

「ああいや。被害が出ないのが一番いいから……」

「流石は英雄殿。器が違いますな」

終始褒(ほ)め殺(ごろ)しといった感じでペースのつかめない相手だった。

「今回の件、まだ解決したわけではありません」

「ええ。魔術協会ミレオロですな。姿を隠したようで我々でも追いきれていないのです……」

「元騎士団長の件の鬱憤(うっぷん)を晴らすチャンスでしょう？」

「いやはや、そうですな。我々としても全力で捜索させていただく次第です」

騎士団は犯罪者の取り締まりも仕事の一部、というか戦争もない平時ならそれがメインの業務になる。

その上で自分の身内であった元騎士団長ロイグの失態。

もし本気で捜索しているのだとしたら、こんなところで団長と副団長が揃って出迎えられるわけもなかったんだけどな……。

セシルム卿も一瞬呆れた様子を見せたが、気を取り直して目的を果たすために話をすすめる。

「さてと、田舎者ゆえなかなか来られぬ王都。是非王都騎士団の実力をこの目で拝見したいのですが、いかがかな？」

「おお、それはもしや、稽古(けいこ)をつけてくださるので？」

「ランド殿の意向次第ですが……」

目配せしてくるセシルム卿。

打ち合わせ通り答えておいた。

「是非お手合わせ願えればと思います」

◇◇◇

「いやあ、壮観ですな」

「数だけは多いですからな。我が騎士団は」

セシルム卿が壮観と言ったとおり、辺境伯騎士団とはまるで規模が違う。

「訓練、警備、その他を隊に分けてローテーションしているのですが、折角の機会ですので主だったものは集めさせて下さい」

「是非そうしていただきたい」

「では……ガルム。副隊長格以上のものに招集を。その他希望するものがいれば業務を中断し見学を可とする」

「かしこまりました」

静かに副団長ガルムが返事をして、各地に伝達するため消えていった。

「お待たせするのも申し訳ありませんし、今いるものたちから始めてしまいましょうか。これは三つ目の隊になりますが、隊長一名、副長が三名おりまして、どれもそれなりにやります……もちろんお二方に比べれば大したことはないのですが……」

そう言いながら訓練中の部隊の隊長らしき人間のもとに歩いていく団長ベリウス。

「人数が多い。出来るだけ脅威に感じてもらえるようにしたいねぇ」

「私の正体はどうすればいいかしら？」

「もはや副長以上であれば公然の秘密として認識しているはずさ。出来れば伏せておくにしても、直接戦う相手には見せてしまって問題にはならない」

「分かったわ」

まあそんなもんか。

ヴァンパイアだからといって攻撃していいことにはならない。

むしろこういった法の縛りは田舎よりも都市のほうが意識されやすいわけだし、王都はヴァンパイアこそいないが亜人はちらほら見かけたしな。

「えっと……私はどうすれば……」

アイルがわたわたと慌てる。

「丁度いいじゃない。貴方の力を見せつければ良いのよ」

「相手はあの王都騎士団ですよ!?」

「あれを見てる限りそれなりに戦えるんじゃないかしら？」

「副長以上は別格です。隊は五つあるので副長以上は二十名前後なのですが……全員が冒険者でいうAランク上位以上と言われているので……」

「そんなに強いのか」

パッと見で見える範囲には隊長格は見当たらなかったのもあってすこし油断していたかもしれない。

「ええ。何かあれば元Sランク冒険者の犯罪者たちも追いかけられるように選ばれていますから……実際中には冒険者から副長や隊長になったものもいます」

「なるほど……」

となると団長と副団長は……。

いやまあロイグを考えればそうか。

そう考えると対ミレオロの戦力となるのであれば、頼もしい存在だと言える。

逆にこのまま敵対するなら、脅威かもしれないな……。

「味方につけるには貴方がどれだけ脅威であるかを示さないといけないわね」

「そうだな……」

実力者揃いの副長たちにどこまで出来るか分からないが、レイとエース、アールも召喚して準備を整えた。

◇◇◇

集まったのは十数名の副長、隊長たちと無数の見物人。

背後には訓練していた部隊のほか見物人があたりを埋め尽くしていた。

副長以上の人間は確かに皆、漂うオーラが只者ではない。出会った人間と比べるなら、フェイドやメイルたちパーティーメンバーに匹敵しそうなものすらいるほどだ。

フェイドに関しては付き合いの長さがあるのでどの時点のそれか判断に迷うところだが……。

そういえば俺のSランク認定をした暴風のルミナスはもっと強かったな。

あの頃は自分の力量がなかったせいでその強さがうまく捉えきれていなかったが、流石にソロでSランクになった二つ名持ちは別格だったと今ならば分かる。

「さて、ランド殿はネクロマンサーという職業だ。テイマーとはまた異なるものを操る。ということで本来であればその使い魔との手合わせがテイマーとしてはふさわしいのかもしれぬが、なんと特別にランド殿自身がお相手してくださるそうだ」

ベリウスの言葉にざわめきが起こる。

「おいおいテイマーが生身で戦うってのか？」

「どう見ても横にいる奴らのほうが強い……舐（な）められてるのか？」

「いやでも、フェンリルにミノタウロスにドラゴンだぞ？　テイマー本人のほうが……」

「関係あるか！　隊長たちが相手なんだぞ」

「それもそうか……」

騎士団員の隊長に対する信頼は厚いようだ。

その様子を見ていたミルムが戦闘態勢に入る。

ただし今回は羽は生えていない。目の色が変化しただけだ。

もっともそれは見た目だけの話であり、溢れるオーラが更に膨れ上がったのを副長クラス以上は肌で感じ取っていた。

「なんだ……これ……」

「おい、俺たち一体何と戦わされるんだ……？」

そんな中でも表情を変えなかったのが三名。

これが隊長たちということだろう。

ちなみに一番目の隊は副団長であるガルムが率いているとのことだった。

「かわいそうに。使い魔のほうが幾分楽な相手だったでしょうに」

「そうか？」

訓練用の刃を潰した剣を手に取りながらミルムに答える。

「貴方はすでに使い魔たちより遥かに強いわよ」

「それじゃあ期待しておこう」

実際隊長たちを見ても負ける気はしていない。

ある程度心に余裕がある俺とミルムだが、アイルだけは固まっていた。

表情こそ硬くなっているだけで表に出ていないが、普段を知る俺たちには分かる相当な緊張っぷりだった。

「気楽にやってくれればいいからな」

「はい……！」

やはり硬い表情のまま、アイルが短く答えていた。

「ではそれぞれやりましょうか。ですがこちらのほうが数が多いですな……」

ベリウス団長が思案する。

「別の所では使い魔と戦ったりしてたけど……？」

「なるほど。それも良い経験になる……。ですが無理を承知でお願いするならば、ぜひとも対人戦の経験を積ませたいのです」

「そういうことなら別に、私は何人相手でも構わないわよ」

「本当ですか⁉」

「まあ俺も何人かくらいは相手に出来ると思う」

「そう言っていただけるとありがたいです。是非お願いいたします」

相変わらず腰の低いベリウス団長。

団長自身はもう歳が歳だろうから参加しないにしても、隊長だけで四人……。いやガルム副団長だけは別格だろうな。

副長クラスは隊長たちと比べるとそこまで戦闘能力が高いようには見えない。こっちならある程度の人数が相手出来そうではあった。

問題はアイルか。

「大丈夫か？」

「いえ……少し緊張が……」

「硬くなる必要はないわ。別にどんな結果になろうと、これは模擬戦なのだから」

「そうはいっても私のせいでお二方の評判に傷がついたらと思うと……」

「傷ついて困るもんでもないさ。息抜きだと思ってやってくれ」

「分かりました……」

相変わらず表情は硬いがまあ仕方ないな。

頑張ってもらおう。

そんな話をしていると、横で聞いていたベリウス団長がこんな提案をしてきた。

「もしよろしければ私がお相手いただくというのはいかがですかな？」

「え？」

「衰えた身ではありますがこう見えても若い頃はそれなりにならしたものです。老人のわがままに

付き合わせてよろしければ、一つ稽古と思ってお相手いただけますかな？」

アイルを見る。

「それでも良いか？」

「はいっ！　全力で当たらせていただきます」

ということなのでこちらはそうしよう。

気を使わせたかも知れないな。

「わたしもいつでもいいわよ」

「では、順次始めましょうか」

◇◇◇【ガルム視点】

「これが同じSランク……だと？」

始まった模擬戦。

ランドとミルムが副隊長たちと戦うのを見てガルムは驚愕していた。

ガルム自身、単体でSランクに上り詰めた元冒険者だった。

「まるで歯が立たんぞ……」

ミルムの魔法は副隊長たちを寄せ付けないばかりか、途中からはあえて攻撃を受ける余裕すら見せていた。

それでいてなお、あの少女に傷一つつかない。

文字通り指先一つで剣を受け止められているのだ。

「あり得るか？　そんなこと……」

ガルムが視線をランドに移す。

こちらもまた常人離れした戦闘を繰り広げている。

「ネクロマンサー……ほとんどテイマーの延長線上のものと聞いていたが……これではまるで別物ではないか……」

ガルムの頬に冷や汗が伝う。

ランドの剣はミルムに比べれば普通なのだ。

だがだからこそ、その地力の差が際立ってしまう。

剣技の問題ではない。そもそも冒険者の剣は魅せるためではなく殺すために特化しているため、騎士団と比べれば独特の変則的な型を持つ。

差が出るのは根本の力、基礎体力、覇気（はき）、精神的な余裕……どれをとっても副長レベルでは、いや隊長格ですらまるで話にならないほどに圧倒的な差を見せつけている。

「こんな化け物が……敵対するというのか……？」

ガルムのつぶやきは誰にも聞かれることなく虚空に消えた。

八話　とある密会【ガルム視点】

「いやーしかし、わざわざ相手のほうから戦力を見せてくれたのは良かったではないか」

「はい。その通りでございます。リットル卿」

王都の貴族街にある屋敷で、二人の男が密談を交わす。

「して、敵戦力のほどは？」

「はっきり言ってあの二人は化け物です。もはや並のSランク冒険者の域など超えております」

「ほう。歴戦の兵士たるガルム副団長がそこまで……」

「はい。ですので……」

「分かっておるわ。その二人には同じく化け物を当てれば良いだけ。ミレオロには念を押す」

リットル卿と呼ばれた男は下卑た笑みを浮かべてそう言った。

侯爵位を授かる貴族であり、いまは軍務卿として王都騎士団をはじめとした全国の兵士を取りまとめ、冒険者ギルドにも関係の深い人間だった。

鋭い眼光はまだまだ現役の冒険者や兵士と互角以上の覇気を放つ。

「かの不死殺し(アンデッドキラー)であれば万一も起こり得ないと思います。あと一人連れてきていた女は本当に大したこともありません」

「そうであろう。あれは所詮田舎貴族の私兵団のエースというだけだ」

「領地に戦力と呼べる者がいるかは未知数ですが、冒険者上がりでは領地に優秀な人材を召し抱えるには時間が必要かと……三人目があれでは、化け物二人さえ押さえればこちらのもの。所詮は個人でしか戦えぬ小物でしょう」

ガルムの願いはシンプルに、あの化け物——ランドとミルムとの戦闘を避けることだった。

そのために念を押し続ける。

実際のところガルムはそれでも懸念のほうが強いのだ。あれだけの力を持つテイマーなど見たことはない。それがネクロマンサーという得体の知れない職業となれば、領地に何がいてもおかしくはないのだ。少なくともアンデッドを操ることは分かっているし、神獣クラスを三体も手懐(てなず)けているのも分かっている。

だがリットル軍務卿の機嫌を損ねないためにも今は相手を軽んじて語る必要があった。

「うむ……数こそ力だ。そしてその数をコントロールすることが最も難しいのだ……冒険者風情は一人で何でも出来ると思い上がる。その点はまあ、魔術協会も同じかもしれんがな」

思うところがあるのかリットルの声が怒気をはらむ。

「だがまあ、そちらが勝手に潰し合うというのであれば好都合。あの元騎士団長の馬鹿のせいでこちらはとんでもない被害を被っているのだ。ここで力を見せつけてやらねばならん」

ロイグの失態は王都騎士団や冒険者ギルドはもちろん、その上にいるリットルのもとにまで響く大きな出来事だった。

すでに責任問題を追及する財務卿あたりからの突き上げは凄まじいものになっており、リットルの頭を悩ませている。

だがここに来て起死回生の一手につながる情報が舞い込んだのだ。

「本当に……わざわざこちらが叩きやすい土壌を作ってくれたことにだけは感謝しても良い」

リットルが笑う。

「ネクロマンサーだかなんだか知らんが、アンデッドで街を作るなど正気の沙汰ではない。内部調査として騎士団を遣わす。内部に問題があろうがなかろうが、叩き潰してしまえば何も問題はないからな」

「かしこまりました。あの二人さえいなければ所詮小娘とアンデッドだけの土地です」

「ああ。それにあの地は過去、王都騎士団が踏み込んだ場所だろう？」

「ええ。地の利も関係ないとなれば単純な力比べですから」

「全く問題ないというわけだな」

二人の男が笑い合う。

ガルムは内心リットルの余裕に焦りを感じてはいた。

だがそれを止める術はもはやない。

冒険者から騎士団へ上がり安定を手にしたはずのガルムの精神は、毎日が命がけだった冒険者の頃以上にかき乱されていた。

九話　王都ギルド

「そんな落ち込まなくても……」

「ですが、ほとんど引退したと言っても良いほどの御老体に手も足も出ませんでしたから……」

　騎士団での模擬戦を終えて王都を歩く。

　アイルは終始こんな調子だった。

　その様子を見かねたミルムが声をかける。

「貴方に求められる役割はそこじゃないわ」

「役割……？」

「単体戦闘能力が必要なら貴方より領地のアンデッド上位種でも連れてきたほうが早いでしょう。貴方はその指揮を学ぶ必要がある」

　ミルムはなんだかんだアイルに優しい。

「今日は色々見られて良かったんじゃない？　貴方が訓練をよく観察していたのは見ていたわよ」

「ありがとう……ございます」

ミルムの言葉に俯くアイル。

その様子を眺めていたのに気付いたミルムが顔をそらしながらこう言った。

「この子は境遇が似てるのよ。一人になってから拾われた同士。私は最初から一人でも問題ない能力を持っていたけれど、この子はまだ迷ってる。それだけよ」

「そうか」

それっきり喋（しゃべ）らなくなったミルムだが、頬に差した朱い色がその感情を雄弁に語っていた。

◇◇◇

「ここか……」

「流石に王都のギルドは大きいですね」

翌日、俺たちは王都ギルドまでやってきた。

これはセシルム卿の指示だ。

王都でその名を知れ渡らせることが味方づくりのために重要らしい。そして俺たちが名を知らしめるのに一番いいのが王都ギルドのクエストというわけだ。

セシルム領のギルドも規模でいえば負けていないのだが、いかんせん見た目が質素だ。

それに比べ王都ギルドは入り口の扉から装飾に凝った様子が垣間見られる。王都の外観を損ねないような意図もあるだろうが、それにしたって周囲の建物と比べても豪華な見た目をしていた。

「行きましょう」

ミルムはこういう建物に似合うなと思いながらアイルと一緒に後を追った。

「お、新人じゃ……いや待て、なんだあいつら……？」

「見たことないけど信じられない魔力だぞ……」

「装備も見ろ、マントも剣も神具だぞありゃ」

入った途端ギルドにいた冒険者たちがざわついた。

「ここも酒場がセットなのは同じか」

「ですが辺境と比べると装備が良いですね皆さん」

アイルの言うとおり装備が皆綺麗で見栄えするものだった。ミッドガルドシリーズはここでも人気だ。

だがそれだけ。

むしろ辺境は戦闘なれしている分装備の見た目は悪くなっていると言える。

レベルで言えばセシルム領のほうが高そうな印象すら受けた。

「いらっしゃいませ。王都ギルドははじめてですか？」

「そうだな」

「かしこまりました。ではまず皆さんのギルドカードをご提示下さい」

それぞれギルドカードを差し出した。

俺とミルムは暫定Aランク。

そしてアイルも辺境伯騎士団時代にBランクにしている。

「これは……かなり上位の……って、Sランクパーティー!?」

受付嬢の声に周囲がざわめいた。

「フェンリルがいないから気づかなかった！　そうかSランクのテイマーパーティーがいるって聞いたことあるぞ」

「テイマー？　いやテイマーの割に全員明らかにオーラが違うだろ」

「だから異常なんだって！　噂じゃ単体でSランク認定ももらってるらしいぞ」

ことの発端となってしまった受付嬢が申し訳無さそうにしている。

でもまあ、来た目的を考えれば目立つのは悪いことではないか……。

「気にしないで良い。それよりここで受けられる一番難易度の高いものを出してほしい」

「すみません……ありがとうございます。かしこまりました、少々お待ちを……って、ギルドマスター?!」

受付嬢が立ち上がったところで、後ろから小柄な老人が現れた。

「何の騒ぎかと思えば……」

表情から察するに、あまり歓迎はされていない様子だ。

だがこちらは冒険者ギルドには貸しがある。王都ギルドがどう考えているかは分からないが……。

「誰かと思えば田舎のトラブルメーカー御一行か……田舎でおとなしくしておれば良いものを……」

どうやらこの爺さんはあまり俺たちをよく思っていないらしい。

とはいえ本来であればこちらが頭を下げられても良い状態だ。Sランク認定したパーティーの失態、逃亡、その尻拭いを全て任されたような格好なのだから。

さらに言えば現在進行系で事態は動いている。

ミレオロへの対応を考えれば王都ギルドと俺達は連携するべきかと思っていたが……。

「ここはお前らのような田舎者が来る場所ではないぞ？　王都はレベルが高いのだ。ほれ、お前の求めた高難度クエストだぞ？　どうだ？　このレベルでは全く対応出来んだろう？」

いやらしく笑いながら一枚の依頼書をこちらに向けるギルドマスター。

内容を確認する。

「納品依頼？」

「そうだ。それだけ相手のランクが高いのだ」

上位のクエストで納品だけを求められることは珍しい。

通常上位の冒険者に求められる働きは危険度の高い魔物の討伐や高難度の地域への調査がメインになる。

極端な話、納品依頼は各地を転々とする商人でも対応出来るからな。

依頼内容を見ていたミルムが口を開いた。

「これ、ここに来る前に拾ってきたやつじゃなくて？」

「ああ。そういえばそうだ」

依頼書に書いてある内容はファイアリザード十五体の納品。

王都に来るまでの道中で街道に出そうなファイアリザードの群れを見つけたから討伐したんだ。

商隊なんかとぶつかると危ないからな。

「なに？　だが数をよく見ろ。こんな数、とてもではないが対応出来るはずが……」

「ほら、これでいいか？」

「なっ……」

カウンターにファイアリザードを積み上げていく。

「数は多いほうが良いように見えるけど、何体までいいんだ？」

「えっ、えっと……五十までは買い取ると……」

「じゃあ全部出すか」

ちょうど五十近くになっていたはずだ。

焦りの表情を浮かべるギルドマスターは無視してどんどんカウンターに積み上げていった。

「す、すぐに鑑定士を呼べ！　偽物ならただではおかんぞ」

その様子を見ていたミルムが口撃を開始する。

「あら、ギルドマスターがこの程度のありふれた魔物の鑑定すら出来ないのね、王都って」

「ぐっ……貴様ぁ……」

「レベルの低い依頼しかないようだし、マスターもレベルが低いし、建ってる場所だけね、いいところは」

何も言えず歯噛みするギルドマスター。

「時間がかかるようならこれは持ち帰るわ。良いわよね？」

「まあ良いけど」

そう言って【宵闇の棺】にファイアリザードをしまおうとするミルム。

それを見て慌てたのはギルドマスターだった。

「ま、待て。これはある貴族のほうがコレクションのために依頼したものだぞ。状態も良いそれを持ち帰られては……」

「別に私はどちらでも良いのだけど？」

「ぐっ……」

「引き上げましょうか」

「待て……分かった。私が……悪かった」

「そう。なら早く持っていきなさい」

「ふん……」

心底悔しそうな表情を浮かべながらギルドマスターが引き上げていった。

何しに来たんだろうな……。

「えっと……少々お待ち下さい！　すぐに準備いたします……それから、出来れば他の依頼についてもお手伝いいただけないかと……」

「良いわよ。いくつか片付けてあげるから出しなさい」

「ありがとうございます！」

どうやら俺たちのことをよく思わないのはギルドマスターの個人的な事情だけのようだ。

受付嬢やスタッフがバタバタと納品手続きや他の依頼の準備に走り回り始めていた。

結局王都ギルドがしばらく抱えていたという納品依頼をいくつか俺とミルムの手持ちで片付ける。

「ひとまず目的は達成したか……？」

「あれだけやれば流石に、普通の冒険者なら敵に回して良い相手かどうかは判断がつくでしょう……」

アイルの言葉に安心する。

「じゃあ、帰るか」

「そうね」

ギルドマスター以外の王都ギルドメンバーから大いに感謝されてギルドを後にすることになった。

◇◇◇

「ほんとにアールのおかげで王都もすぐだな」

「信じられないくらい便利ですね……途中で魔物を見つけるたびに倒して回収していたってこれですから……」

「倒した魔物がここでまたアンデッドとして活躍してくれれば楽ね」

「恐ろしいですね……」

まあ実際たまに死んでから付いてきたそうにしているやつもいるにはいるしそういうのは連れてきている。

単純に強さに心酔されたパターンや、襲われている動物を助けてやろうとしたが間に合わず死んだパターンなど、あるいは妙に懐いて付いて来るというケースなんかも珍しくなくなっていた。

「さてと、ロバートは……」

『おかえりなさいませ。主人様』

「いつの間に……」

気配もなく唐突に現れるロバート。

どんどん人間離れしていくな……。いやアンデッドだから人間じゃないんだけど。

『主人様が戻られたら是非工房に来てほしいと、セラ様から』

「おお、もしかして出来たのか？」

『はて……それは分かりかねます。ですが連日すごいスピードで武具は製作されておりました。勝手ながら私のほうで逆に鍛冶師を集めあちらに送り込み、現在は人手も増やしております』

「そうか、ありがとう」

本来なら競い合って良いものを作るのがいいのかもしれないが、アンデッドになってまで向上心を持っているのはセラくらいだ。

あとは生前の名残でなんとなく作業をしていただけだったから、セラのもとで動いてくれたほうがお互い幸せだろう。

「とりあえず行くか」

「ええ」

「分かりました！」

『お嬢様はお戻りになり次第色々と相談したいことがございますのでいつものお部屋でお待ちしております。領地の兵力はこの僅かな期間でも大幅に成長しておりますからな』

「うっ……分かった。後で行く……」

面倒事を押し付けて申し訳ない気持ちもあるが、まあアイルはどちらかというと仕事をやっていたほうが落ち着くタイプだしな。

ちょっと嫌な顔をしたのはどちらかというとロバートが厳しいからだろう。

◇◇◇

「おお……」

セラの工房前に来て言葉を失う。

「まるで数日前とは別物ね」

ミルムの言葉通り、最低限の設備を整えただけだったはずの工房は、周囲一体を飲み込んだ大工場へと進化を遂げていた。

「建物だけでいうなら王都のどの工房にも負けませんね」

「いやまあ、辺境だからこそなのかも知れないけど……」

腕はむしろセラがいる分、王都に負けていないだろう。

「外から見るとだいぶ変わってたけど、セラのスペースだけは前のままだな」

「休むことなくそこに居続けたんでしょうね……」

アイルが若干呆れながらも尊敬の念を込めてそう言う。

これが人間なら少しは休むなり食事や睡眠をすすめるんだが、セラの場合本当にそれらが必要なくなっている。

結果的にこの大工場でほとんど唯一と言っていい自我を持つ存在でありながら、自動化を担っているゴーレムよりも機械的に勤勉に働き続ける意味の分からない状況が生まれていた。

「それにしてもここまで改造出来るものなのか……」

『ん？　あ、ランドたち。良いところに来た』

セラがこちらに気付いて手を止めた。

『ん。サイズは大丈夫。微調整も……良い。はい』

何やらカチャカチャとやっていたなと思うとおもむろにアイルのほうに何かを差し出した。

「これは……」

「チェインメイル……ってこんな精巧な作り初めて見ました……」

「使ってる素材……これ、新金属？」

『ん。私が作った。軽くて魔法はほとんど無効化出来る。打撃もかなり吸収する。着けてれば少なくとも一撃でやられることはない』

「すごい……」

アイルが感嘆する。

『アイルは全身の鎧（よろい）まで全部作ってある。あとで試して』

「本当ですかっ⁉」

『ん。あとミルム……これ』

「私？　これは……ピアス？」

『ん。闇魔法の効果を増強する。あとそのピアスには悪魔一体分くらいは封印出来る。魔力を循環する先を増やすことで今までとは全く違う動きが出来る』

「すごいわね。ありがとう。使うわ」

どれも破格の性能だな……。

ミルムがすぐに受け入れるあたりもそれを物語っていた。

『で、ランド。これ』

「これは……剣の……柄か？」

『正解。詰め込めるだけの素材を詰め込んだ。普段は短杖の代わりになる。魔力を込めれば魔法剣になる。持ってるだけで死の力……宵闇の魔力を高める。ネクロマンサーのための装備』

「ネクロマンサーのための装備……」

全く情報がないと言っても良いところからよく作り上げたな……。

それに魔法剣なんて……。

「理論上可能とは聞くけれど……魔法剣なんてここ何十年もダンジョンからも産出していないんじゃないかしら？」

『頑張った』

それだけで済ませてしまうセラ。

　だがミルムの言葉がそのままその功績を物語っていた。

『あとはレイ、鉤爪をつくった。これでかなり早く動けるはず。エースは大鎚、有り余った魔力を乗せれば威力にも速度にも変換出来る。アールは鎧だけど、軽くてストレスのない形。あと攻撃を受けても吸収する防具になってる』

　次から次へと飛び出す神具級の武具に必死に頭を追いつかせる。

「とりあえず喜んでるからいいか」

『キュオオオオン』

『グモォオオオオオ』

『きゅー！』

　というかいつの間にかこいつらを出しても問題ないスペースをゴーレムたちが気を利かせて作っていたのも驚いた。

『あとはアンデッド軍のために汎用装備も作ってある。これはもしかしたらマロンが喜ぶかも？　今度来たら見せて』

　そう言って何本も剣や槍、盾や鎧を見せてもらう。

「これは……」

『オリジナルは私が作った。あとはゴーレムと……この前から来てる他の鍛冶師がやってる』

「なるほどな」

『もうそれなりに出したはず。どこにあるかは知らないけど』

「ロバートに聞いてみるよ」

『ん』

そしてこれが新ミッドガルドシリーズになっていく可能性も大いにあった。

『試作で作ったのは使ってる素材が良すぎて他に作れなかったやつ。後で持っていって』

「分かった」

ゴーレムが持ってきたその剣たちは、一旦アイルが預かって上位種に配ることになった。

当然のように神具級の武具に仕上がっている。

『じゃ……』

「ありがとな」

『ん……』

それだけ言うと作業に戻るセラ。

俺たちはしばらく工場見学のようなことをしてから帰った。

改めてロバートに確認したところ、すでにマロンさんとも連携を取って試作品のシリーズ化は進められているらしい。

加えて領地のアンデッドたちにも汎用装備が配布されているとか。

やっぱりロバートに任せておけばなんとかなりそうだな。色々。

十話　休む間もなく……

「やあ……申し訳ないんだが、ちょっと頼まれてくれないかい」

屋敷に備えられた魔道具からセシルム卿の声が響く。

心底申し訳無さそうに。

「えっと……王都ギルドの指名依頼、だったか？」

領地に戻って一息つく間もなく、セシルム卿から連絡がきたのだ。

「王都ギルドの交渉を失敗した上でこんなことを頼むのは非常に情けないんだけどねぇ」

「あれはまあセシルム卿のせいではないというか……」

ギルドマスターに問題がありすぎるだけな気がする。

「そう言ってくれるとありがたい。で、頼まれてくれるかい？」

「別に良いけど、内容は？」

「ドラゴン三体の討伐及び納品だねえ」

「どこかでドラゴンが出たのか？」

「いや……それが全くそういった情報はないねえ」

「つまり……？」

「金持ち貴族の道楽で依頼されたものを、押し付けられたんだろうねぇ」

「なるほど……」

ドラゴンは出現すれば周囲のギルドが上位の冒険者を集めて連合パーティーで対処に向かうほどの相手。

それが三体か……。

「ドラゴンの指定はあるのか？」

「いいや、特にないねえ。適当にドラゴンの巣に行って適当に何匹か連れてこい、っていう依頼だぁね」

「簡単に言ってくれるな……」

「全くだよ。私じゃあ私兵団を全て投入したってそんなこと出来やしない」

まあこれはもう、半分以上嫌がらせなんだろうな。あのギルドマスターの。

そんなことを考えていると横にいたミルムが口を挟んだ。

「報酬はしっかり出るのかしら？」

「そこに関してだけは私がなんとかしようじゃないか。ドラゴンのサイズや希少性に応じた報酬は出すと言っている。ただしドラゴンは三体まで」

「ふーん。なら……」

「そうだねえ、古代竜レベルだと一体でも国家予算規模、ドラゴンの中でも希少性の高い白竜やダブルスキル以上のドラゴンなら三体も揃えられたら大変だろうねえ」

「そう。分かったわ」

悪巧みをするセシルム卿の顔が浮かぶようだった。

ミルムも笑ってる。

「今回の件、私が受けた理由はまさにそこだ。報酬の支払い能力を超える不始末を起こさせれば自ずと彼は失墜する」

「それ、しれっと依頼の難易度が上がってないか……？」

「なぁに。君たちなら問題ないだろう？」

簡単に言ってくれるものだった。

「そうそう。良いニュースもあるんだ」

セシルム卿が話題を変える。

「王都ギルドは軍部とのつながりが厚い。はっきり言って今回、王都騎士団すら敵と思っておいて良い」

「それのどこが良いニュースなんだ……」

「まあまあ最後まで聞き給え」

セシルム卿は自信たっぷりだ。

「軍部と対立する権威である財務卿とその関係者の取り込みに成功した。こちらはマロン氏の協力もあって実現したわけだけど、これで勢力は二分された。相手は魔術協会と軍務卿、王都騎士団と王都ギルド。こちらは財務卿、ミッドガルド商会、そして君たちだ」

「良いニュース……？」

「良いニュースじゃあないか。国のバックが付いたのは大きい。これで後はもう力ずくで解決してしまったところでどうとでもなるのだからねえ」

「そういうことか……」

つまりセシルム卿はこう言いたいのだ。

力ずくでなんとか出来る土台は揃えたから……。

「あとは頼むよ」

やはり申し訳無さそうにセシルム卿はそう言った。

◇◇◇【アイル視点】

「なるほど……お二人は指名依頼が来たと」

「ああ。ぱぱっと済ませるからアイルはロバートとこっちのことを頼みたい」

「分かりました」

屋敷に集まった現在の領地における幹部陣。

ランドさん、ミルムさん、ロバート、そして私。

正直全くこの三人に並ぶ自信はないけれど……。

『どうやら領地の発展より先に、防衛の準備を進めたほうが良さそうですな』

「そうね。ダンジョンの周回頻度は落としても良いんじゃないかしら」

「そうだな。セラの道具が行き渡りさえすれば止めても良い」

三人の言葉が事態の深刻さを物語る。

「一度現状を整理させて下さい。仮想敵は王都騎士団、ということでよろしいでしょうか」

「王都ギルドも何人かは冒険者を用意するだろうけど、ちょっとこっちは相手が読めないからな」

「魔術協会も同じね」

「つまり王都騎士団は最低限の相手……と」

頭が痛くなる。

二人の感覚ではおそらくそのあたりの魔物の群れと同じ程度なのだ。王都騎士団が相手であっても。

だが私のような一般人からするとまるで話が変わる。

——王都騎士団

国家最高戦力であり他国からも恐れられる最強の騎士団。

団長や幹部陣の実力は皆少なくともAランク相当以上。

ただの団員ですら各領主の私兵団なら副長クラスにはなれただろうと言われるほどの逸材が集うのだ。

それだけ待遇も、扱いも、何もかもが良い。

そしてそれだけの力を持ちながら厄介なことに、騎士団には貴族らしいしがらみが存在しない。

つまり完全な実力主義で成り上がりが可能な場所なのだ。

必然的に国内、いやいっそ国外からも才能が集まる場所となっている。

「実際私は団長に遊ばれたわけですし……」

手も足も出ないとはまさにあのことだった。

ランドさんとミルムさんが軽く何人もの隊長格を相手しているというのに、私は老いた団長になすすべもなかったのだ。

これだけの戦力がもし、二人の留守中に迫ったとしたら……？

考えただけで恐ろしいことだった。

「アイル？」

「あっ……失礼しました！」

いけない。

ただでさえついていけていないのだから集中しなければならないのに……！

『まず領地内の戦力を再度まとめ、こちらも騎士団として本格的に防衛機能を持ちましょう』

ロバートはしっかりしていてランドさんにも頼られている。

羨（うらや）ましい。

私はいまだになぜここにいられるのかよく分かっていないくらいなのだ。いやもちろん、私がいなければロバートとのつながりもなかったことは理解出来る。

ただ、それだけだ。

今の私にどれだけ価値があるかなど……。

「そうしてくれ。で、これはアイルに頼みたい」

「えっ……？」

「俺じゃちょっと、こういうのをまとめるのははっきり言って無理だ。その点アイルなら信用出来る」

「貴方、意外と適当よね」

「ミルムだってそうだろ」

「良いじゃない？　適材適所で」

そう言ってじゃれあいながらも二人は私に任せてくれる。

「お任せください！」

ならその期待にしっかり応えるだけだ。

「頼りにしてる」

「はいっ！」

たとえ今、王都騎士団が迫ってきたとしても私たちだけでなんとかしなければならない。

いや、するのだ。

私の目的はこの領地を繁栄させること。

それが防衛すら出来ずに、どうして繁栄など出来るというのか。

◇◇◇【ガルム視点】

「少数精鋭とはいえ、この人数で本当によろしかったのですか？」

「なに。構わん。まだ向こうは我々を攻撃する大義名分を持たない。無論、それはこちらもだがな
……」

ベリウス団長が馬上からそう告げる。

王都からセシルム領地への視察に向かったのは団長ベリウスと私、あとは副長格を含めた騎士が

数名だ。

もちろん王都騎士団に所属する以上それ相応の実力はあるとはいえ、どうしても不安が拭いきれない。

「あの化け物の巣窟に向かうというのに……」

今思い出すだけでも恐ろしい。

あのミルムという女。あのときは全くその片鱗(へんりん)を見せていなかったが、集めた情報によればヴァンパイアであることは間違いない。

アンデッド最上級種。

もはやヴァンパイアハンターという文化が廃れた今となっては倒す技術や装備を持ったものも少ない相手だ。

それがその力なしに我々を圧倒したという事実に身体が震えた。

そしてランドという男。

一見ヴァンパイアに見劣りするかと思ったが、真に恐ろしいのはあちらだった。

騎士団というのは、質はもちろんとして、安定した数を揃えられることが最大の強みだ。

だからこそ化け物のような相手であっても、Sランク冒険者が相手であっても、その抑止力として騎士団が機能するのだ。

だがあの男はそれまでの枠組みを根本から破壊し尽くすだけの力を持っている。

姿だけしか見なかったが、すでにフェンリルとミノタウロスとドラゴンを従えて本人もあれだけ戦えるのだ。あんな化け物、神話に出てくるような善意の塊であればともかく、何をしでかすか分からない人間が持って良い力を超えている。

「我々は化け物を倒すためにいるようなものだぞ。そして騎士団は一度あの地にそれをやりに行っている」

団長が自信を持ってそう口にする。

「あのとき始末しそびれた化け物たちを倒しに行くと思えば良い」

――スタンピード

貴族が一つ、実際に滅んだ魔物の大発生。その被害をギリギリで食い止めたのが王都騎士団だった。

だが同時にあのとき、騎士団は……。

「生存者を見殺しにした……あの……」

「しかたなかろう。現地の人間をいちいち助けていてはキリがなかったのだ」

団長があの顔をしている。

ときおり見せる、残忍な笑みだ。

「魔物の討伐が最優先事項。救えぬ命だったと割り切るしかない」

「……」

あの日の出来事はもちろん記録に残っている。

だが騎士団の幹部にはその記録とは異なる真実が伝わっているのだ。

あのとき騎士団は救援要請を受けて討伐隊を編成した。

だが救援は行われなかったのだ。

騎士団は徹底して魔物の討伐を優先して動いた。結果それが被害を食い止める最善だったと、そう言われてはいる。

それでも……。

「若いな」

やりきれない思いもまた、あった。

目の前の命を救わずして何のための騎士団なのかと。

「だがもうお前は立場ある人間。此度も割り切って仕事をせよ」

「分かりました」

切り替えなくてはいけない。

目の前の一の犠牲に目を瞑(つむ)って背後にある十の生命を救う。それが王都で働くものの務めだ。

「見えてきたぞ」

あの化け物たちを止める必要があることは分かる。

怪物が王国へ牙を剝けば、それこそとてつもない被害をもたらすのだから。

「安心せい。あやつらは王都ギルドが遠ざけておる。それに今回はただの視察だ。所詮小娘と少々のアンデッドが出る程度のものよ」

余裕の笑みを浮かべるベリウス団長。

だが、俺は迷いを断ち切れずにいた。

もしもだ。

もしあの怪物たちが、起こさなくても良い竜だとしたら……。

今まさに自分の行動が、王国を危機に陥らせているのではないだろうかと、そう思わざるを得なかった。

十一話　神竜殺し

「さてと、竜ってどこらへんにいるんだろうな」

「はぁ……まあ何も考えていないとは思っていたけれど……」

領地を飛び出したは良いものの行く宛すら定まっていなかった。

ふらふらとアールを飛ばしてその上で二人のんびり話をしている。

そもそも竜なんて出てきたら災厄なんだ。こちらから探しに行くようなのは頭のおかしなやつしかいない。

だから普通に冒険者をしていても竜が普段どこにいるかなんて話は聞くことがないのだ。

「竜はおもに山岳地帯で暮らしている。群れをはぐれた竜が人間に手を出すようになるわ」

「はぐれた竜、か」

「基本的には野生の竜にとって見覚えのない人間は恐怖の対象。それが実は人間が大したことがないと分かってしまったり、食料を持っていることを学んだ個体が人里に降りてくるようになる……って、どうして人間の常識を私が教えてるのかしら」

ミルムの言う通りなんだが……まあ今はそれより……。

「それ、こちらからつつくのってかわいそうだな……」

「そっとしておけば住み分けは出来てるものね。そもそも竜の住処を人間が侵食するケースのほうが圧倒的に多いわけだし」

「その話を聞くと余計に手を出しにくいな……」

それでなくても今回は人間のわがままでの討伐だと分かっているのだ。

被害をもたらす前に対処するといった大義名分もないとなると……。

考え込んでいるとミルムが一つ提案をくれた。

「貴方ならそう言うだろうとは思っていたわ……だからターゲットは老竜に絞りましょう」

「老竜……？」

「ええ。竜種にも寿命はある。どれだけ長くても万を超えることは出来ない」

「途方も無い数字だけどな……」

「まあいるのよ。動けなくなった老竜というのが。その生命をもらう代わりに、貴方ならあげられるものがあるでしょう？」

「あげられるもの……？」

「死後の自由。貴方は死後の魂を固定してこの場に留める力を持っている。竜の寿命からすればはつかの間の自由とはいえ、それでももう死を待つだけだった老竜にとってはメリットのある話だわ」

なるほどな。

たしかにそれならお互いにメリットがあるかもしれない。

だが問題は……そんな都合の良い相手が三体もいるのかという話だ。

「心当たりはあるのか？」

俺の疑問にミルムは不敵に笑って答える。

「いるじゃない。この国には三体の老竜が」

「三体……え？」

まさか……。

「昔々、三体の竜が力をぶつけ合い、大地が隆起し海の水が蒸発して大陸を生んだ」

「いや……神話の話じゃ……」

「いるわよ。神竜は」

思ったよりとんでもない相手が飛び出してきたことに戸惑いを隠しきれなかった。

大陸を作った竜の伝説。

竜の墓場で出会った古代竜グランドメナスの話よりもさらに前。

大陸がまだ存在しなかった太古の時代にそれらは存在した。

空の覇者（はしゃ）バームルト。

海の覇者リリヴァリス。

そして大地の覇者ベリモラス。

三者の争いは熾烈を極め、大地は裂け、天を焦がし、海の水をも枯渇させるものだったと言う。

「人間にはそう伝わっているのね」

「ヴァンパイアは違うのか？」

「ヴァンパイアは、というより、真実を知る……いわゆる長命種の間ではこうよ。手に負えない化け物が三体いた。それらを神として崇め、機嫌を取ることでなんとか平穏を取り戻した」

「規模的にはそっちのほうが現実味を帯びるな」

神話よりもずっと現実的なラインだ。

「今も繋がってるのか？」

「いいえ。流石に伝承レベルよ、もう。でも逆に言えば、今はご機嫌を伺う必要もない相手ということよ」

「まあとりあえず行ってみるか」

「あら。貴方ならもう少し慎重に情報集めをするかと思ったけれど？」

クスクス笑うミルム。

確かに前までの俺なら色々と確認してから向かっただろう。

だが……。

「ミレオロたちの動きが掴めていない状況で領地をあんまり空けておきたくない」

「それは確かにそうね。良いわ、すぐ向かいましょう」

「どこにいるんだ？」

「それぞれダンジョンの最奥に眠っている。ダンジョン名は、【虚空(こくう)】、【久遠(くおん)】、【開闢(かいびゃく)】」

「待て……それ……」

どれも立ち入りすらも制限された神域。

未開拓だとか、難度Sだとかの括(くく)りでは測りきれない人の領域を超えたダンジョンだ。

「ふふ。そのためにSランクパーティーの肩書きがあるのではなくて？」

「いやまあ確かに申請すれば俺たちはいけるけど……」

「大丈夫よ。【久遠】だけは場所もそう遠くないわ」

「他の二つはどうするんだ？」

「依頼の規模を考えなさい。神竜一体連れて行ったらそれで中止になるわよ。払い切れるはずないのだから」

「あー、それはたしかに」

そう考えると三匹頑張るよりは良いかもしれないな。

「行くわよ」

「分かった」

ギレンに神域ダンジョン【久遠】へ入り込む許可をもらいにひとまずギルドを目指すことになっ

た。

◇◇◇

セシルム領のギルドに足を踏み入れるのは久しぶりな気がする。

実際にはそんなに日にちは経っていないと思うが、最近は色々と密度が濃い生活をしているからな……。

「あれ？　ランドたちだぞ」

「ん？　引退したんじゃなかったのか？　地方領主やってるんだろ？」

「俺は王都に拠点移したって聞いてたけど……」

「つい最近も王都で色々してたって聞いたな確かに」

徐々に慣れてきたもののこうも注目を集めるのは落ち着かないな……。

フェイドたちと一緒にいたときよりも見られることが多くなったのは間違いない。

「ランドさん！　お久しぶりです！」

「ニィナさん、久しぶり。ギレンがいたらお願いしたいんだけど……」

「マスターですね！　かしこまりましたー。それにしても、一段と頼もしくなりましたね」

「レイか？」

ミノタウロスのエースは人目につくと騒ぎになることが多いので【宵闇の棺】で隠しておくことが多いが、レイは今までの癖もあって割と自由にうろついている。

生きてた頃より二回りほど身体が大きくなったしな。頼もしく見えるのも分かる。

「ふふ。レイちゃんだけじゃありませんよ」

そう言い残して奥に向かうニィナさん。

「貴方もそれなりに成長しているということよ」

ミルムがそう言って微笑んでくれていた。

◇◇◇

「なぁランド、ミルムの嬢ちゃんはお前より強いか？」

ギレンが出てきたと思うと、すぐさまこんなことを聞いてきた。

軽い挨拶と用件である神域ダンジョンへの攻略許可をもらいに来たことを伝えたら、なんの脈絡もなく、あえて周りに聞こえるようにこんなことを言い出したのだ。

まあわざと聞こえるように言ったということはこちらもそうしたほうがいいということだろう。

「間違いなく強い」

「そうか。なら……ランド、およびミルムの単独でのSランク認定、および、神域ダンジョンへの挑戦の許可を出す！」

　そういうことか。

「おい！　聞いたか!?　単独Ｓランクだぞ！」

「すげえ。しかも同時に二人!?」

「ランドのやつは前々から決まってたって話があったよな？」

「単独Ｓランクなんて暴風のルミナスが最後にここに顔出して以来見てないな」

「そう！　そんときだよ、ランドが認定受けたって噂が流れたの」

　ルミナス……懐かしい。試験官をやってくれたあのときは手も足も出なかったが……いまはどうだろうか。

　周りで騒がれるだけあり、単独Ｓランクは王国全土でも数える程度しかいない。

　ミレオロを含め、出会えば勝てない相手もまだまだいるんだなと思わされる。

　神竜ももちろんそういう相手だろうな……。こちらについては本調子であれば、だが。

「にしてもついに神域にまで手ぇ出すのか。俺ですら場所までは知らねえぞ」

「そうなのか？」

「ああ。一応ギルドが管理してるってことにはなってるが、あんなもん形式上で実態は知らん。いやいくつかは公開だけはしてはいるが……そういうところはそもそも入ったら死ぬから誰も近づかん」

そういえば神域に指定されていて場所が公開されてるのって、火山の中とか海の底とかそんなレベルだったな……。

ギルドマスターでも把握していないということはもう組織として管理している人間はいないということか。

それでも入場に制限をかけているのは……。

「ま、上位の冒険者が勝手に行って死なれるのはギルドにとっちゃ痛い損失だからな。言っても聞かねえやつらにだけ許可が出るってわけだ」

「それが単独Sランクというわけね」

「そういうこった。というわけで、死ぬなよ？」

「ああ」

もちろん死ぬつもりはない。

だがそれだけの危険が伴うことは理解して臨むとしよう。

「そういや攻略にかかる日数ってどのくらいなんだ？」

難易度が高いダンジョンはそれだけ時間がかかることも多い。

神域ダンジョン【久遠】ともなれば相当な時間を覚悟しないといけないと考えたが、ミルムはこう言った。

「その日のうちに出られるわ」

「本気か……？」

まあ他でもないミルムがそう言うのなら信じよう。

再びアールに乗り、珍しく道案内のためにミルムが前に乗って出発となった。

◇◇◇

「この辺りって……エルフの里があるんだったか」

深い深い森の中。

もはや冒険者ですら踏み込むことのない領域を歩きながら進む。

「わざわざあの子から降りたのはそのせいよ。エルフは弓と魔法、遠距離での攻撃手段に長けている上に、外部からの侵入者には容赦しない」

「そういうことか」

森の途中でアールから降りるように言ったのはなにも目的地が近いからというわけではなかったようだ。

「そもそもギルドが侵入を禁止したのもそのせいよね」

「ここってもうそんな場所なのか」

「そうよ。気を抜いたらダンジョンに着く前にエルフにやられるわよ」

ミルムの言葉に気を引き締める。

エルフは一人ひとりが冒険者で言うAランク上位の強さだという。

さらに森の中においてはそれが一段階、いや二段階強さを増すのだ。

エルフの使う精霊魔法との兼ね合いと聞くが、詳しいことはともかくとして森のエルフと戦うなというのは冒険者でなくても知っている生きるための格言のようなものだった。

「どのくらい歩くんだ？」

「そうかからないわ」

その言葉通り、しばらく歩くとすぐに目的地にたどり着く。

「これは……木が入り口になってるってことか」

立派な大木だった。

と言ってもこの辺りは周囲の木全てが巨大なため目立つことはないのだが……。

そんなことを考えながらふらふら歩み寄ろうとした俺をミルムが止めた。

「待ちなさい」

「え……？」

「ダンジョンに入るのは私と、貴方の使い魔だけよ」

「なんで……？」

ここまで来たというのに……。

不思議に思っているとミルムがダンジョンの入り口を指差した。

「見なさい」

「ん……？」

薄暗い階段を目を凝らして見つめると……。

「人の……骨か？」

ダンジョンで白骨化した遺体が見つかるのは珍しいことではない。

だがダンジョンの入り口でというのは異例だった。

「俺が入るには厳しいダンジョンってことか……」

「そうだけど、少し違うわね。よく見なさい、あれはエルフよ」

「えっ？」

もう一度ダンジョンの骨を見つめる。

だが見ただけでは人とエルフの骨の違いなどよく分からなかった。

「力を使えば良いじゃない」

「そうだな……【ネクロマンス】」

少し距離があるが問題はない。

——レイスのネクロマンスに成功しました

――エクストラスキル【初級精霊魔法】を取得しました
――能力吸収によりステータスが向上しました
――使い魔の能力が向上します

「どう？」

「エルフだ」

感覚で分かった。

【初級精霊魔法】も決め手にはなったが……。

ミルムと出会ったときのレイスと同じように、レイスは形を留めること無くキラキラとした光になって虚空に消えた。

「確認出来たようで何より。で、本題だけれど……寿命の概念がほとんどないエルフでも、このダンジョンでは死ぬのよ」

「危険生物やトラップが原因、ってわけでもなさそうだな」

「ええ。ダンジョン【久遠】は、時を奪うダンジョン。入れば時間が加速され、永遠を生きたような錯覚に襲われ、そのまま死ぬ」

「そんなことが……」

エルフの寿命すら奪うダンジョン。

これが神域ダンジョンかと愕然（がくぜん）とする。

「まあ、死なない私たちにとってはただの古いダンジョンでしかないのだけど」

「すごいな……」

「流石に封印されている竜にまでこの効果が反映されてしまうとまずいから、最後の階層だけは時間も通常の流れになるわ。私がそこまで行ったら呼び出すから応じてくれるかしら」

「分かった」

事情が事情だ。

エルフが寿命で死ぬということは俺が入ったら一瞬だろう。

「自分が召喚されるのは新鮮だな。というかそんなこと出来たんだな」

「私の【宵闇の棺】なら出来るわ」

「流石だ……。分かったよ。しばらく待ってる」

ミルムが行くなら心配はない。

むしろこの森で長く過ごす俺のほうが気を配る必要があるくらいだろうな。

「これは試したことがないから確証はないけれど、貴方が呼ばれるまでの体感時間は、私が入ってほとんどすぐになると思うわ」

「そうなのか？」

「ええ。ここはそういう場所だから」

そう言いながら準備を整えたミルム。

レイとエースと……アールも行けるか？

「場所さえあればだけど、その子は私が中で呼ぶわ」

『きゅるー！』

アールには入り口は狭いからな。

だが今日は活躍の機会がありそうということで嬉しそうに鳴いていた。

しばらくここで一緒に待機組だな。

「ミルムを頼むぞ」

『キュオオオオン』

『グモォオオオオ』

やる気十分のレイとエースを引き連れてミルムがダンジョンへと進んでいく。

「しばらくお別れね……貴方にとってはそうではないんでしょうけど」

一瞬、寂しそうな顔をしたミルムだが、すぐに切り替えた。

だがあんな顔を見せられてそのまま送り出すわけにも行かないな……。

「じゃあ、行ってくるわ」

「待った。これを渡しておくよ」

「これは……？」

「髪飾りだ。こないだマロンが来たときに面白そうなものを見せてもらったから買っておいたんだ」

ドーナツ状の布にゴムを通した髪留め。ブレスレットとしても使えるということで、王都ではちょっとした流行(はや)り物になっているらしい。

ミルムの反応は……。

「貴方、こんな気を使える男だったのね」

目を丸くしていた。

思っていた反応とは違うがまあ、新鮮な表情を見れたのは良かったと思っておこう。

「ほとんどマロンにそそのかされただけだけどな」

「ふふ。ありがとう。大事にするわ」

二つに結んだ髪に合うように一応二つ用意しておいたが正解だった。片方だとちょっと不格好だったかも知れない。

「似合うかしら？」

「似合ってるよ」

「そう。じゃあ、行ってくるわ」

二度目の出発の掛け声は、さっきよりも明るいものになってくれていた。

渡したかいがあるな。

「ああ、いってらっしゃい」

『キュオオオン』

『グモォオオオオ』

「任せたぞ」

レイとエースに声をかけて撫でてやると任せろと言わんばかりに吠える。

ミルムに付き従い、レイとエースもダンジョンへと消えていった。

それを見送って腰を下ろしながらひとりごちる。

「さて……どのくらい待つんだろうな……って、もうか!?」

『きゅー！』

しゃがみ込み切る前にアールが【宵闇の棺】に呼ばれて消えた。

まるで最初からそこにいなかったかのようにすっと消えたのだ。

「入ってすぐ開けた場所が見つかった……ってわけじゃないんだろうな、これは」

本当に一瞬で、俺も【宵闇の棺】に呼ばれる感覚に襲われた。

「ミルムが言ってたのはこういうことか……」

思ったよりも早い、というか本当に一瞬の出来事だった。

慌てて【宵闇の棺】を発動し、アイテムを突っ込むのと同じ要領で自分の身体をねじ込む。

「これでいいんだよな……」

「ええ。久しぶりね」

「いや……俺は今見送ったところだったんだけど――なっ……」

「何を驚いているのよ。こんななにもない場所で」

ここはただのなにもない真っ白の部屋。

奥に一つの扉があるのは見えるが、それだけの空間だ。

俺が驚いたのは呼び出された場所ではなく……。

「髪飾りが……」

「ああ、ごめんなさい。大事にはしたのだけど、流石に限界だったわね」

大事にしてくれていたことはよく伝わった。

布が擦り切れ、中のゴムが伸び切っているのが見えるほどだ。

「一体どれだけの時間……」

――能力吸収によりステータスが大幅に上昇しました
――使い魔強化により使い魔のステータスが大幅に上昇しました

「おお……」

「やっぱり遅れてやってきたわね」

もはやこれ以上どう強くなるのかと思っていたミルムと、最上位種から固有種にまでなっているレイとエース、そしてアールが、さらに大幅なステータス向上を起こすくらいのダンジョンだったということだ。

『キュオオオオオン』

『グモォオオオオオ』

『きゅー！』

我慢しきれないと言わんばかりに三匹が鳴きながらこちらに向かってきた。

「ああ、みんな頑張ってくれたんだな、ありがとう」

撫でてやるとそれぞれ満足そうにまた鳴いた。

「久しぶりにこんなに強くなれた実感が湧いたわ。貴方ばかり強くなるからちょうどよかったわね」

「いや……ミルムは別格だろ……」

「いつまでもそうとは限らないわよ」

そう微笑んだミルムの表情から余裕が見て取れる。

また差をつけられてしまった気もするが仕方ないだろう。というか神竜のダンジョンって三つあったよな……？　他の二つが同じルールとは思えないとなると、次は俺もこのくらいの苦労を背負う覚悟を決めないといけないのか……。

ミルムの髪飾りを見る限り一日や二日では済まない時間を過ごしたことが分かる。

なんなら年単位で動いていた可能性すらあるのだ。

今回はたまたま少し待っているだけで俺まで強くなれたわけだが、次はそうはいかないだろう。

「さて、いよいよ本番よ」

「ああ、そうだな」

目の前の扉の先に、歴史を作った神竜がいる。

「予想ではもう動けないとされているけれど、私も実際に見たわけじゃない。何が起きても良いように準備しておきましょう」

「ああ」

「ちなみに、神竜がもし当時と同じくらい力を持っていたとしたら……同じ空間にいるだけで寿命という概念のない私まで生命を削られることになる相手よ。お互いに動かず、何もしていなくてもそうなるわ」

「そんなに……？」

「ええ。生物としての格が違いすぎる。流石にそこまでの力は残っていないにしても、あからさまに敵対するようなら勝つことは諦めてすぐ逃げるわ」

「そりゃそうだな」

実在していたことすら驚愕に値する生きる伝説なのだ。

立ち向かおうとは思わない。

そしてこのダンジョンの性質を考えるなら、そうなったときは俺が殿だな。

「もしものときは時間を稼ぐから、頼むぞ」

「ええ。すぐ呼び戻してあげるわ」

俺はこの空間を出て引き返そうとすれば寿命を吸い取られるように一瞬で死ぬだろう。

来た道を戻れるのはミルムたちだけだ。

だが逆にダンジョンに戻りさえすれば俺の体感時間としては一瞬で呼び出してもらえるだろう。

ほんの数秒耐えることが出来れば勝ちということになる。

「まあそうならないことを祈りましょう」

「そうなったらなんでここまで来たのかも分からなくなるしな……」

ミルムたちが強くなるためだけに来たということになってしまうからな……。

そんなことを言い合いながら扉に手をかける。

「行くぞ」

「ええ」

扉の向こうは元いた白い空間と同じような場所だったが、正面の景色は全く見えない。

巨大な竜が視界を遮るようにしてそびえ立っているからだ。

その大きさゆえに、一目に視界に全貌を捉えきることすら出来ないほどだった。

「ふむ……前にここに来たものは確か生きる時間のほとんどを吸い取られていたが……お主らは若く見える……結界が弱まったか？」

神竜が口を開いた。

口調は軽い。

だが決して大きな音ではないというのに、その一言一言が空間を震わせるような重みがある。

「いいえ。結界は今も強固だったわ」

「お前は……そうか。不死の一族……なるほど考えたな」

顔が見えないほどの巨体、見上げてもその表情は分からないが、今の所その声に敵意はなかった。

「そして珍しいな……不死を操るものか……」

「――っ！」

目は見えていない。

だが目があったような錯覚に陥り、思わず背筋が伸びるのを感じた。

「緊張せずとも良い。我はもはや朽ちるのを待つだけの屍、もはやお主にとっては扱いやすい存在ではないか？」

「いやいや……」

「まあ良い。して、何が望みだ？　財宝ならば我に納められたものは好きに持っていくと良い」

「宝はあとでもらうとして、私たちがここに来た理由は、貴方よ」

ミルムが本題を切り出した。

「ほう……？」

「ご覧の通りこの男はアンデッドを操るネクロマンサーというものよ。そして貴方は、もう死を待つだけと言った」

「確かにそう言ったな」

「だったら、その生命を輝ける形で生かしたらどうかしら？」

「面白い。我を殺し、そのものの配下となれということか」

一気に神竜のオーラが増す。

「ぐっ……」

思わず身構えるほどの強烈なプレッシャーを感じたが、ミルムは毅然としてそこに立っていた。

「ふむ……まあ良い。確かにここで座しておっても我に未来はない。であればその人間に未来を預けるのも良かろう」

そうは言うが依然としてプレッシャーは相当なものだった。

だがミルムが言っていたように、全盛期の本気であればこちらは相対しているだけで生命の危機だったわけだから、これでもかなり加減してくれているのかもしれない。

「だが……我が抵抗せずとも、お主らに我を殺す術はあるか？」

「これから試そうと思っていたところよ」

「まあ良かろう。殺せればお主らの要求、呑(の)んでやっても良い。だが我を従えたからと言ってそこにおる獣共のようにお主に付き従いはせん。我の好きに生きるぞ」

その言葉に逆に安心する自分がいた。

こんな相手、もしレイのように擦り寄られてもこちらが身構えざるを得ないからな……。

「人間に迷惑をかけない範囲なら好きにやってくれて良い」

「ならばよかろう。我を殺してみよ」

交渉成立。

あとは……。

「神竜殺し、腕がなるわね」

「抵抗しないにしても、なぁ……」

改めて神竜を見上げる。

見上げてなお全貌が見えない巨体。

そして触れずとも分かる強靱(きょうじん)な肉体。

「相手は神に連なるもの。であればこちらも、その名を冠した道具に頼るまでよ」

ミルムがそう言って耳に手をかけた。

そういうことか。

「確かに俺達には神具があったな」

「ええ」

ミルムの耳飾りは黒魔術の循環を助ける、と言っていたが……原理は分からないがミルム曰く出力が二、三倍にもなるという話だった。

そして俺は……。

「使いこなせるのか？　これ」

剣身のない柄だけの剣。

フェイドから受け取った神剣もあるが……。

「それじゃあ届かないわね」

物理的な距離、という意味もあるが、神竜を殺すには至らない、ということだ。

この剣は竜を殺すことにも神を殺すことにも向いているわけではないからな。

その点、魔法剣なら倒したい相手に合わせてこちらが剣身を用意する分、届きやすいだろう。

「やるしかないか……」

「貴方の持っている魔力と、私の魔力を合わせて剣に叩き込む。それでやりましょう」

「合わせるって……出来るのか？」

「出来なければここに来た意味がなくなるだけよ」

そう言ってミルムが魔力の循環を開始する。

ミルムの周囲には黒い何かが浮かんでは消え、徐々にその力を高めていた。

「すごい……」

「宵闇の適性がなければ近づくだけで死ぬわね、これは」

「恐ろしいな……」

俺も見様見真似で宵闇の魔力を循環させ、セラの作った剣に力を込めていく。

「合わせるのは私がやる。貴方はただその力を剣に込めることに集中しなさい」

「分かっ……ぐっ!?」

ミルムが俺の持つ剣に手を合わせた途端、信じられない量の魔力が流れ込んできた。

「耐えて」

「……あぁ」

意識を持っていかれそうなほどの魔力の奔流(ほんりゅう)。

なんとかそれを剣に流し込んでいく。

「ほう……考えたな、人間」

神竜が感心するということは、いけるか？

「だが、それでは我は殺せぬな……」

「だめなのか……」

一体どうすればと思っていたらミルムがこんなことを言い出す。

「後のことは、頼むわよ」

「え……？」

重なった手から力が抜けるのを感じる。

横にいたはずのミルムの身体が傾いていき……。

「おい！　ミルム?!　……っ!?」

ミルムを支えなければと片手を伸ばそうとした瞬間、それまでと比較にならないほどの魔力波が俺を襲う。

「くっ……これは……」

そこでようやくミルムの意図を理解した。

出し切ったのだ。

ミルムが魔力切れを起こすほどに。

「ほう……これは……」

神竜の雰囲気が変わる。

届くということだろう、これなら。

「いや、ミルムがここまでしたのに失敗するわけにはいかない……！」

「良かろう……よく狙うのだぞ……」

「うおぉぉおおおおお！」

極大の黒の刃が神竜の首に向けて真っ直ぐ伸びていく。

「いけぇえええええええ」

「ふむ……確かに、届いた」

突きの要領で繰り出した剣が何かを捉えた感触を得る。

剣身が巨大だったからだろう。突きだけで首を落とせたらしい。

――ドシン

空間全体を震わせながら神竜の首が落ちる。

それと同時に、支えを失った巨軀が地面に倒れ同じく空間を震わせた。

「【ネクロマンス】」

右手をかざす。

――大地の覇者ベリモラスのネクロマンスに成功しました
――ベリモラスが使役可能になりました
――ベリモラスの能力を吸収しました
――ユニークスキル【大地の覇者】を取得しました
――ユニークスキル【神竜の加護】を取得しました

――能力吸収によりステータスが大幅に上昇しました
――使い魔強化により使い魔のステータスが大幅に上昇しました

「流石は神竜……ここまで一気に強化されるのか……」

『ほう……これがお主の力というわけか』

「ああ……ってなんか随分小さくなってないか……？」

そこにはほとんど肩乗りサイズと言っていいほど小さくなった竜がいた。

全長はそこそこあるが身体の半分以上が細く伸びた尻尾だ。

随分身軽になったものだった。

『器など大きくても不便なだけよ。大きさなどいくらでも変えられるからな』

「それはすごいな……」

『さて、我は自由にして良いのだな？』

「ああ。俺の意に反する行動……人間に被害を出したりしない限り問題ない」

『良かろう。我は見たいだけだ。外をな』

「なら自由に見てきてくれ。何かあれば教えてくれるとありがたい」

『うむ……』

「あ、そうだ。身体はもらうけど、いいか？」

『良かろう。そんな器に今さら意味などない。さて、我は行くぞ。この姿ならばあの結界も意味をなさぬからな！』

言うが早いか、ベリモラスはダンジョンへ向かって飛んで行った。

まあ何かあれば呼べるし良いだろう。

「さて……あ、起きてたのか。ミルム」

「ええ。あの神竜の力が身体に流れ込んできて回復したようね」

「なるほど……っていきなり立たないほうが……」

「大丈夫よ。それより急ぎたいわ」

「急ぎたい……？」

まだ本調子ではないことは分かる。

だがミルムはすぐに動き出したい様子だった。

「このダンジョン、帰りも同じようにやるしかないのよ。出来ればあの神竜が行手を阻む障害を無理やり撥ね除けてくれている間についていきたい」

「そんな状態で大丈夫なのか？」

「私を誰だと思ってるのかしら？　それにほら、貴方がくれた髪飾りもまだあるわ」

それにどれだけの意味があるかは分からないが、止めても仕方ないことだけは分かった。

「気をつけてな」

「ええ」

「レイ、エース、アール、頼んだぞ」

『キュオオオン』

『グモォオオオ』

『きゅるー！』

それぞれ元気よく返事をしてくれる。

「貴方は……」

「ここにあるものを回収しながら待ってるさ」

「ええ。じゃあまた……」

「ああ」

ミルムたちにはまた苦労をかけてしまうのかという思いもあるがやむを得ない。

俺は俺でやることを済ませよう。

「すごい量だな……」

まず視界に入らないほどのベリモラスの骸（むくろ）を回収する。

するとそれまで隠れていたあらゆる財宝が姿を見せたのだ。

金銀などの貴金属、宝石や、当時のものと思われる豪華な布や宝具、武具など。

後ほど鑑定を行うとして、素人目に見てもとんでもないお宝であることは簡単に見抜けるものだった。

「急がないとすぐに喚び出されるからな」

ミルムたちの無事を祈りながら、部屋にあった財宝たちの回収に向かった。

◇◇◇

無事にダンジョンを出て、そのまま俺たちは王都ギルドに向かったんだが……。

「ほぉ……のこのこ現れたか」

「あら。ギルドマスター直々にお出迎えなんて……暇なのね」

「貴様……」

王都ギルド。

ギルドマスターカイエンは待ち構えるように入り口付近に突っ立っていた。

ミルムの言う通り暇だったのか……いや前回の雰囲気を考えるとギルド職員のいる空間に居場所がない可能性も否定しきれなかった。

「依頼からたったこれだけでやってきたということは音を上げて帰ってきたということだろう？　Sランク冒険者が聞いて呆れるなぁ？　やはりその不相応なランクは返納してもらわねばならんか？　んー？」

「確認だが」

「ん？」

いちいち取り合っているときりがないから本題に入ろう。

「この依頼、本当に持ってくる竜のランクや状態によって報酬は支払われるんだな？」

「何を今更？　それが言い訳のつもりかね？」

「良いから質問に答えてくれ」

「ちっ……ああそうだ。この依頼に上限はない。依頼者と私の信頼関係で成り立っておるからな。万が一貴様らが依頼者の想定を超えるようなものを連れてこられたとしても、王都ギルドが払い切るのだ。だからそのような言い訳……」

「そうか。それを聞いて安心した。納品したい。室内だと建物が壊れると思うから外のほうが良いと思うけどどうする？」

「は……？」

口を開けたまま役に立たなそうなカイエン。

見るに見かねて奥からギルド職員たちが出てきてくれていた。

◇◇◇

「ふん。出任せも大概にしろ！　外でしか見せられぬようなサイズの竜など……」

「ではランド様、こちらに」

「ああ、ありがと」

「貴様ら……この私を……」

「あああんた、そこは危ないぞ？」

「へ？」

【宵闇の棺】から神竜、ベリモラスの骸を取り出した。

――ドシン

「ひっ……」

「だから危ないって言っただろう」

「きさ……貴様……」

カイエンは腰を抜かして立てなくなっていたが手を貸すものは誰もいなかった。

「さて、鑑定額はどうなる？」

「えっ？　いや……これ……一体何を持ってきたんですか!?」

「竜よ。見て分かるでしょう？　貴方たちもよく知る竜よ」

「いえ……こんなサイズの竜なんて神話の中でしか……いえ、まさか……!?」

「大地の覇者ベリモラス、といったら分かるかしら」

「えええええええええ」

ギルド職員たちの叫びが轟く。

騒ぎを聞きつけた冒険者たちも集まってきていた。

「おい……ありゃ一体なんだよ……」

「魔物？　にしたってでかすぎるだろ……」

「Sランク冒険者って化け物ばっかだな……」

その様子を受け、納得出来ない男が一人。

「こ、こんなもの！　偽物に決まっている！　貴様らギルドを欺こうとした罪は重いぞ！」

「またそれなの？　芸がないわね……前にも言ったけれど、ギルドマスターが正しく物の価値を見られないような施設で、冒険者は安心して活動出来るのかしら？」

「ぐ……ぐぬぬ……」

周囲の冒険者たちと俺たちを見比べ、何も言い返せなくなったカイエンがそこにはいた。

「神竜一体。この時点で払い切れるのかどうか確認がしたくてな。払いきれるならあと二体はあてがあるんだ」

「当て……まさか貴様ら……」

「神竜は三体いたでしょう？」

「なっ⁉　待て……神竜三体だと……この一体でも王都ギルドの予算では……まず軍務卿に確認をとって……それから……」

ぶつぶつ言い出したカイエンに追い打ちをかける。

「おっと、あれだけ大口叩いたんだ。まさか一体も買い取れないとは言わないな？」

「ぐっ……」

「神竜一体……この国の国家予算三年分くらいになるかしら？」

「国家よさ……馬鹿なことを言うなっ！　ただでかいだけの竜だろう！」

「へえ？　鱗一枚とっても既存の鉱物や素材では傷一つ入らないこの貴重な革を、ただでかいだけの竜？」

「肉は良質な栄養源になる。骨ももちろん素材になるし、内臓は錬金術師に渡れば最上級ポーションがいくつでもつくれるだろうな」

「ぐ……」

「まあ、私たちはどっちでも良いわ？　王都ギルドのマスターともあろう人間が大口を叩いた挙げ句お金が足りませんと引き下がっても、借金を背負ってでも買い取るでも、はたまた査定を偽って価値に見合わない買取を強要しても……ただし最後の選択を取ったとき、王都のギルドから冒険者は消えるだろうけれど」

ミルムの言葉を受けて見守っていた冒険者達が大きくうなずいた。

「くっ……貴様ら……」

「良いからどうするか答えなさい」

ミルムのプレッシャー。

ギルド職員たちの憐れむ目。

そして、冒険者たちの値踏みするような眼差し。

「借金生活か。あんたの総資産じゃまるで足りないだろうし、何してもらおうか……」

「ぐ……申し訳……ありません……当ギルドでは手に余るものでございまし……た」

悔しさで顔の形が歪む程に表情を引きつらせながら、なんとかカイエンは言い切った。

「ふふ。そう。残念ね。じゃあ持ち帰りましょう」

「そうしよう。ああ、悪いけど金が払えないんじゃ依頼は受けられない。この依頼、俺は降りるぞ」

「なっ……では竜三体などどうすれば……！」

「知らないわよ。それを見繕うのが貴方の仕事でしょう？」

「くっ……」

完膚なきまでに打ちのめされたカイエンは、もはや何も出来ず立ち尽くしていた。

十二話　王都騎士団の視察【アイル視点】

旧アルバル領。

ランドの手によりアンデッドタウンとなったこの地に、王都騎士団が視察に訪れていた。

領主であるランドと、最高戦力であるミルムは王都ギルドから出された緊急の個別指定依頼に駆り出されており不在だ。

そのため出迎えたのは領主代理、アルバル領騎士団団長であり、唯一の生存者であるアイルだった。

「これはこれは、お出迎え感謝いたします」

「いえ、このようなところへ高名な王都騎士団の団長直々にお出でいただき光栄の至りでございます」

「ははは。いえいえ、私などここを治めるランド殿と比べればまだまだ……して、そのランド殿はどちらへ？」

事情など当然知っている団長ベリウスが、白々しくそう尋ねる。

「あいにく領主は現在不在にしております。突然の来訪でしたので」

「ああ、そうでしたか。いえいえ、お忙しいはずです。ですが我らも時間がないので……申し訳有りませんが貴方にお相手していただいても？」

「構いません」

「では早速ですが、領地の様子を拝見させていただければと思います」

ベリウスが連れてきていた調査員三名に指示を送る。

アイルの意思など確認せず、勝手に領内に散らせようとしたのだ。

だが……。

『おや、困りますなぁ。お一人で出歩かれては我らの主人に合わせる顔がありませぬ』

「なっ!?」

思わず声をあげたのは副団長のガルムだった。

ベリウスはすんでのところで声を出すことはとどまったが、それでも目の前に突然現れた老人がまとうオーラに気圧されていた。

『そちらの団員の方々にはそれぞれ館の使用人をつけさせていただきます。何かあればお気軽にお声掛けいただければ……』

そうロバートが告げると、いつの間にか団員たちの直ぐ側にメイドたちが現れる。

生きた人間に比べればあまりに薄いその顔色や肌の白さ。

初回版限定
封入
購入者特典

特別書き下ろし。

迷う聖女

※『追放されたお荷物テイマー、世界唯一のネクロマンサーに覚醒する　～ありあまるその力で自由を謳歌していたらいつの間にか最強に～ 3』をお読みになったあとにご覧ください。

EARTH STAR NOVEL

『ランドさん……』

「クエラ」

館の裏を進んですぐ。

そこには小さな小さな教会と、墓場があった。

『作った……』

「お疲れ、メイル」

このアンデッドタウンの中でももっともらしいい場所に、成り立てのアンデッドが二人。

メイルはあの戦いで最後にミレオロを母と呼んでいた。色々思うところもあるとは思うが、生きてるうちも表情にでなかった彼女が何を考えているかはあまりわからない。

ただそれでも、どこか生前よりも吹っ切れて見える彼女の心配はあまりしていない。

むしろ死を、逃避を望みながら、それが叶わなかったクエラのほうが浮かない顔をしていた。

まあ時間はいくらでもあるし、いまはそれより墓のことだな。

二人に頼んでおいたのは……。

「フェイド……」

かつてのパーティーメンバーと、今回の犠牲者の墓を作ることだった。

『ロイグさんも、頭部しかありませんでしたが、供養してあります』

「ああ」

フェイドとロイグ。

結局勇者パーティーとしてその名を世に知らしめることは叶わなかった。

もちろんそれなりの知名度は誇ったし、ロイグも元騎士団長だっただけあり知っている人間は多いことだろう。

だが二人をこうして供養できるのは多分、俺しかいない。

『私の墓も、作る？』

メイルがそんなことを言う。

「その時が来たらでいいんじゃないのか？」

『そのとき……』

メイルが考え込む。

沈黙を嫌うようにして、クエラが俺のもとに飛び込んできてこう言った。

『どうして……どうして私たちを残したんですか……。お二人は……』

「ああ……」

ロイグはもう、重ね続けた罪を思えば、ああせざるを得なかった。

そもそも自我を蝕まれたあの状態までいって使役できるほど、俺のスキルも完璧じゃなかったしな。

フェイドは本人の意志を尊重した。

最後までわかりあえなかったが、最後に俺のスキルが勇者と認めたあいつのことを、俺は忘れないだろう。

だが二人は……。

『これは、罰ですか……？』

クエラの問いかけは相変わらず、クエラらしいものだった。

「その答えが見つかったら、また望みを聞く」

『……』

うつむいて何も言えなくなるクエラ。

二人がどうするかについて、俺は何も言っていない。

ただ望めばこの教会は修復してクエラが管理していいと言ってあるし、メイルの研究所施設も館の直ぐ側に作ることは約束している。

『私は、あのまま死にたかったです。決してそれが許されないことだとわかっていても……』

クエラがつぶやく。

『ずっと、本当にずっと前から私は、聖女候補なんて大それた名前に酔いしれて、なりきろうとして、それでもやっぱり、私は何者にもなれませんでした』

クエラの言う通り、元パーティーで唯一、彼女だけは本当に最期まで、認められることがなかった。

ロイグは騎士団長、メイルは学園を主席で卒業。そしてフェイドも、最後に勇者と認定されるに至っている。

だがクエラだけは、生まれ育った孤児院から聖女候補として送り出されて、最後まで候補でしかない、何者でもないものとして死んだ。

「何者になるかなんて、死んでから考えても遅くはないだろ」

『そんなことが言えるのは、この大陸でも間違いなく、ランドさんだけでしょうね……』

クエラの表情は浮かない。

まあ俺も、彼女をこれ以上助けたいとは思ってはいない。どこまで行っても聖女でもクエラでもない、中途半端な聖女候補に、俺の言葉は届かないだろうし。

「もう肩書なんて意味がなくなったんだ。時間も無限にある。一度考えて、答えを探せばいい」

『……はい』

うつむいたまま、クエラは顔を上げなかった。

死を、逃避を望んだ彼女をここに縛り付けたことが、俺なりの復讐だったのか、それとも別のなにかだったのかは、俺もわからなかった。

「フェイド、見届けろよ」

いまは亡き友人の墓に語りかける。

フェイドと一緒に故郷を出て作ったパーティーの終着点がどうなるか、その答えを持つのはもう、彼女だけだろう。

だが間近に迫られた団員たちはそんなものを気にする余裕などなかった。

「なんだこのプレッシャー……」

「これが……メイド？」

「メイドまで戦闘訓練を……？」

ロバート直轄のメイド集団。

その力量はすでに並の冒険者パーティーであれば一人で相手取れるほどになっている。

種族はゴーストだが、ロバートのスペクターとの中間種族のような状態になっていると言えた。

本来ありえないことだが、ロバートの指導と死なないゴーストとしての習性が合わさった結果出来あがった強制的な存在進化の結果だった。

小娘しかいない土地と思いこんでいた騎士団たちはすっかり面食らう形になりながら、それでもベリウスはなんとかこう答える。

「お気遣いいただき感謝いたします。では安心して領内を見て回らせていただきましょう」

『ええ。団長殿と副団長殿はまずは館にご招待させていただいても？』

「いえいえ。主のいない館に勝手に入るのは忍びない。我々も自由に見て回らせていただきたい」

ロバートとベリウスが互いに牽制し合ったところに、アイルが切り込んだ。

「失礼ながら、突然の来訪、視察にはどのような意図が？」

王国最高戦力である王都騎士団の団長と副団長が直々にやってくるのは異例中の異例。

疑問に思うのは当然だ。

答えたのは副団長、ガルムだった。

「旧アルバル領に起きた悲劇は王都騎士団としても重く受け止めている。その領地が新たな領主を得て動き出したとあっては、我々としても動向は気になる」

その言葉に嘘はない。

ガルムは本心でこの領地のことを思っていた。

そこに団長ベリウスが補足を加える。

「王国内に発生した新たな活動拠点ですからな。辺境伯直々の指名とはいえ、王都としても全く確認せずというわけにはいきません。ですので、この領地がどのような活動をしているのか、今後王国にどのような影響を与えるのかを少し、確認させていただきたかったのですよ」

口元だけをニヤリと吊り上げたベリウス。

その表情にアイルは思わず後ずさりしそうになる。

それだけの迫力がベリウスにはあった。

だがそこで何も言えなくなるほど、アイルももう、弱くはない。

「分かりました。では自由に見て回っていただければと思います。一つ、気難しい職人のいる鍛冶場だけは我々が直接ご案内いたします。そこ以外の視察が終わりましたらお伝え下さい」

「なるほど。ではその鍛冶場を見られるのも楽しみにさせていただくとしましょう」

ベリウスの内心はこの時点では安堵といった状況だった。

王都ギルドマスターカイエンの手回しはうまくいっており、そのおかげで化け物二人の相手はしないで良くなったこと。

戦闘能力の高そうなものが使用人の地位に押し込められており、戦闘に特化した集団ではない分、対峙（たいじ）する確率が低くなること。

そして城下に着くまで見た村々において、ロバートやメイドたちのような戦闘能力を有したものは確認されなかったこと。

要するにランド、ミルムと、新たに出てきたロバートさえなんとかなれば、あとは小娘一人と大したことのないアンデッドたちの相手だけで良いと判断したのだ。

その程度王都騎士団なら造作もない。ロバートは底が見えないが、それでも隊長格を何人かあてがえば動きを封じる程度は出来るだろう。

「この勝負、勝ったな」

小声でガルムに向けてほくそ笑むベリウス。

その様子をガルムは不安げに見つめていた。

◇◇◇

「ふむ……一通り見たが、ガルム副団長、感想は？」

「先に情報を知っていたおかげで覚悟はしていたつもりだったのですが……逆にそれが自分の頭に混乱を招いていますね」

「というと？」

「こうも普通に人々が暮らしているのは想定外でした」

「確かに」

そこについてはベリウスも感じていたところだった。

一見すれば生きた人間の街や村と大差がない。

むしろここより人気もなく生きているのか死んでいるのか分からない村などいくらでもあるだろう。

「だが逆に言えば、戦力としては大したことはなさそうか」

「我々が見てきたところだけならばそうですね」

ガルムの懸念は大きく二つ。

一つ目はすでに執事とメイドだけでも規格外のこの領地において、他にもイレギュラーな存在がいないのかという点。

メイドはともかくあの執事のような存在が他にもいるならそれ相応の準備が必要になる。

そして二つ目は……。

「ベリウス団長。アンデッドがいるのは村や街だけだと思いますか？」

「ん？　他にどこにいるというのだ？　ここまでの道中、森の中に気配を感じたか？」

「いえ……ですがここにはダンジョンも……」

「馬鹿な。意図的にスタンピードでも起こせると考えているのか？」

「そういうわけでは……」

ありえない想像だとは思っている。

だがもし、こちらの索敵にひっかからないようなダンジョン内部にアンデッドが潜んでいるとすれば、それはもはや戦争を覚悟する必要が出てくる。

「心配する気持ちは分からんでもないが心配のし過ぎも良くはない。確かに城下には軍の真似事をしたアンデッドたちもいたようだが、あの程度はどうとでもなろう」

「やはり軍が……」

ベリウスの自信はこの観察力から来ている部分もある。

ガルムよりも経験が長いベリウスは視察において注視すべきポイントが押さえられる。だからこそ必要以上に恐れる必要がないと判断したのだ。

領地を見渡しても、ベリウスにとっての脅威はあの執事くらいだった。

「案ずるな。所詮アンデッド程度どうとでもなろう」

「はい」

「では、最後に工房とやらも見てから行くか」

ベリウスが信号弾を放つ。

これで調査員たちもあの館の前に一度戻ってくる手はずだ。

「軍の装備は立派でしたが、あれを作っているのでしょうか」

「さてどうだか。私はSランク冒険者が金に物を言わせて買い揃えたのではと考えるが」

「そのほうが自然でしょう」

あれだけ規格を揃えたものを作り出すとなればそれはもはや工場のような設備が必要だ。

そんな設備が過去、騎士団がやってきたときにはなかったということを考えれば、答えは自然と絞られる。

だが二人は自分の考えが甘かったことをこのあと痛感させられることになる。

◇◇◇

『お帰りなさいませ』

ベリウスの合図で再び五人の騎士団員が集まる。

ロバートとアイルがそれを迎え入れていた。

「お出迎え感謝いたします。最後の工房をお見せいただける、ということでしたが……」

「準備は整っております。こちらへ」

ベリウスの対応をアイルが引き継ぐ。

それに対するベリウスの回答はこうだった。

「一度情報をまとめさせていただいてもよろしいですかな？」

アイルがどう答えたものかと思案する。

すかさずロバートがフォローに入った。

『もちろんでございます。我々は外したほうが……？』

「失礼ながら、機密情報も含まれるためそうしていただけるとありがたい」

『かしこまりました。では……』

ロバートが目配せするといつの間にかメイドたちが椅子や机を並べ始める。

あっという間に外に小さな会議室が出来上がった。

「素晴らしいですな。ここの使用人の方々は」

『ありがとうございます。では、我々はしばらく外させていただきましょう』

「しばらくしたらこちらからお声掛けいたします」

一旦アイルとロバートが騎士団のそばを離れる。

メイドたちはまたいつの間にか姿を消していた。

「ありがとう、ロバート」

『いえいえ、差し出がましい真似を……』

アイルはすぐに切り替えて次を見据えていた。

「あちらの会話は……」

『もちろん全て筒抜けでございます』

「流石。ランドさんに手土産の一つはつくれると良いのですが……」

ロバートは感心する。

アイルの成長は喜ばしい。ランドたちに追いつけずとも、一つずつ確実に出来ることを増やしていっている。

あれだけ高い目標であるランドやミルムを見てもなお、必死に食らいつこうとする。

これならばいずれ……。

「始まったようですね」

『ええ』

ロバートもすぐ頭を切り替え、騎士団から一つでも多くの情報を取り出すことに集中し始めた。

◇◇◇【騎士団視点】

「さて、各々報告を聞こう。その前に、ここは敵地だ。隠蔽魔法は三重に展開せよ」

「はっ！」

騎士団員たちが魔法を展開する横で、姿を消していたメイドたちがその魔法の範囲を勝手に拡大する。

結果的に隠蔽範囲にアイルとロバートを含めたことに気が付かないまま、話が始まった。

「まずは……ジル。お前から聞こう」

「はっ……端的に申し上げて、不気味な村でした」

「ほう……？　不気味、か」

ジルは連れてきた調査団の中でも最も若い、勢いある者だった。

普段は同期の中でも目立つタイプだが、いまはすっかり萎縮している様子だ。

「村人たちがアンデッドであるとは聞いていました。いえ、聞いていたからこそ、不気味に感じます」

「というと……？」

「まるで自然に、人間が生活するようにそこにいたもので……」

「なるほど。お前もガルムと同じか」

ベリウスが笑う。

ベリウスの中ではすでに答えの出た悩みだ。

だがガルムがこれを拾い、続きを促す。

「アンデッドであると知らされていなければ気づかなかったか？」

「注視すれば確認は出来たかもしれませんが……」

自信なさげなジルの表情が全てを物語っていた。

その様子を見ていたベテラン騎士のビンドが口をはさむ。

「まああちらもそれは対策済みでしょう。アンデッドしかいない街と分かれば騎士団も放置出来ないことは分かっているはず」

「ふむ……まあそのことは良いのだ。いずれにしても滅ぼすことは決まっておる」

「それは確かに」

軽薄そうに笑いながら同意を示したのは残るもうひとりの調査団、ヴェイ。

騎士団らしからぬ軽い男ではあるが、その実力はピカイチだった。万が一武力行使が必要になった場合にと連れてきた男だ。

「今回の目的はアンデッドしかいない街だって証拠集めをするためじゃねえんだろ？　戦力を見極めるためめって視点でいやぁ、ここは一隊送りゃあおしまいだ」

ヴェイの言葉を否定するものはいない。

「滅んでしまえば、その中に人間がいようがいまいが、関係あるまい」

ベリウスが呟く。

ヴェイは笑い、ジルとビンドもうなずいていた。

副団長のガルムだけが内心、顔を歪ませていたが、表に出すほど愚かではない。

「この領地、特別な対応が必要な相手はあの執事くらい、ということで異論はないな？」

「はっ」

「問題ないかと」

「あの爺さんも大したことはねえだろ？　まあ俺はあっちの女と遊びてえけどな」

調査団がそれぞれの形で同意を示す。

「ガルム、良いな？」

「はい。ランド、ミルムとその使役する魔獣たちは……」

「大丈夫だ。あの女とギルドがなんとかする。いかに化け物とて同じ化け物が対応すれば無傷とはいかぬであろう」

「かしこまりました」

その様子を見ていたロバートとアイルは焦りを覚えていた。

「王都騎士団……そこまで強いの……？」

『はて……ですがこの地を視察してあの自信というのは想定外でしたな……』

二人は想像もしていなかった。

まさか騎士団員たちがダンジョンを周回するアンデッドたちの存在に気づいていないことになど。

『少し我々も防衛のために戦力強化を……おや……』

ロバートがそう口にした瞬間だった。

「何が……って、また強くなったの!?」

『どうやらそのようですな』

ちょうどランドが神竜ベリモラスの【ネクロマンス】に成功したところだった。

「まるでこちらの動きが見えているようなタイミングで……」

アイルが感心したように呟く。

『全く、敵いませんなぁ。主人様には』

そうこうしているうちに騎士団員たちがテーブルを離れロバートたちのもとにたどり着いていた。

「お待たせいたし……」

声をかけたベリウスの表情が青ざめる。

血の気の多いヴェイとジルが思わず剣に手をかけたのも無理はないだろう。

『どうかなさいましたかな？　お客様』

「ぐっ……い、いえ……とんだご無礼を……」

『お話はまとまったようで』

「ええ……はい……」

ベリウスが冷や汗を流す。

他でもないロバートがたった一人で放つオーラにやられて動けなくなったのだ。

これではもう、今までの話になんの意味もなくなってしまう。

『では、工房はこちらでございます』

ベリウスをはじめ騎士団員たちはなぜ目の前の老人が急激に強くなったかなど知る由もない。

それどころか、領地にいる全てのアンデッドたちが同様の進化を遂げていることなど、想像すら出来ていなかった。

言いしれぬ不安を抱えたまま、黙って従うしかなくなったベリウスたちがロバートのあとを追う。

副団長ガルムだけが、その姿に何故か希望を見出したようにも見えていた。

◇◇◇

「おお、ここが……」

『ええ。どうぞ中に。ですが周囲のものに触れぬようお気をつけください』

「もちろんです」

アイルとロバートの案内で騎士団員たちがセラの工房にたどり着く。

工房、とは言ったがその規模はもはや……。

「工場か？　これは……」

「王都の施設よりでかい……」

「いや、お前らそうじゃねえだろ……なんで工房の中からこんなバケモンの気配が漂ってくんだよ!?」

ビンド、ジル、ヴェイがそれぞれ驚きを口に出す。

ヴェイの言葉にベリウスとガルムは一瞬焦りを覚えたが、気にする様子もなくアイルがこう答えた。

「中の職人は気難しいのでくれぐれも……」

「ええ。分かっております。良いな？　特にヴェイ……」

「……わーったよ」

落ち着いた声で制止したベリウスだが、ここに来てコントロールしきれないヴェイを連れてきたことを若干後悔し始めていた。

この戦力で目の前の老人とはやりあいたくない。

となった以上、ここに戦力を持ってきていることは悪手と言える。

先程までの余裕はなくなり、何事もなく視察が終わることを願いながら工房に足を踏み入れた。

「これは……！」

先頭を切って室内に入ったベリウスの目に飛び込んできたのは、にわかには信じがたい光景だった。

「なんだこりゃ……」

ヴェイも思わず呆ける理由は工房、いや工場の設備にあった。

セラの作ったゴーレムと街から集められた職人のゴーストたちによって、セラの工房を中心に大規模な自動レーンが備え付けられ、絶え間なくあらゆる素材や加工された武具が流されている。

ハイエルフの血を引くセラの無尽蔵な魔力が動力源となって、大陸でも類を見ない大規模工場が完成していたのだ。

「ロバート、いつの間に……？」

『報告だけはあがっておりましたがここまでとは……』

これに驚いたのは騎士団員たちだけではなかった。

だがそれを顔に出すわけにもいかず、ひとまずどこまで様子が変わったかを観察することに徹する。

まず目に入るのは、セラのもとに素材が流されていき、セラが作った武具をゴーレムたちが受け取って適切な保管場所に流していく中央工房。

その周囲には見習いとしてセラを模倣(もほう)したり新たな武具を制作する職人たちの作業スペースが隣接されている。

そしてセラの作った武具のうち汎用性の高いものを選んで量産するゴーレムや職人による生産工場としてラインが張り巡らされているというのが工場の全貌だった。

「ここまでの生産拠点があるとは……」

ようやく我に返ったベリウスがアイルたちに声をかける。

「ここはミッドガルド商会の工場でもありますから」

「ミッドガルド!? あの大商会とすでにお付き合いが……?」

話が違うとベリウスは内心舌打ちをした。

背後にいるのはせいぜい辺境伯程度、ミッドガルドとの付き合いもそれとなしには情報に入っていたが生産拠点を領地内に置くほどだとは聞いていなかった。

いや、それが分かったのがこの視察の収穫なのだが、もはや戦うことが既定路線のベリウスにとっては目を瞑りたくなる情報が増えたことになる。

「ですのでお見せするのは特別です。この件やここで見た武具のことは他言無用でお願いいたします」

「それはもちろん……」

警戒心もなくこんな重要なことを公開したアイルにベリウスは感謝していた。

そこまで計算のうちだとは思いもよらないのだろう。最初から小娘と侮っている相手だから。

「では、あまり長居も職人にご迷惑でしょうし――」

必要な情報は得た。

あとは帰るだけとベリウスが判断したその瞬間だった。

「おっ、良いもん作ってんじゃねえか」

「ヴェイ!?」

あろうことかヴェイが中央工房のセラに声をかけにいったのだ。

「あんただけやたら若いな？　そのくせ作ってるもんはなかなかの出来だ。どうだ？　俺の武器を作らせてやろうか？」

そう言ってヴェイがセラの肩に手をかけようとした瞬間。

セラを中心に極大の魔力波が周囲に吹き荒れた。

『触らないで』

「なっ……てめぇ……」

直撃を浴びたヴェイが思わず剣に手をかける。

その様子を見てなお、セラはこう言い捨てた。

『武器も人を選ぶ、お前には使いこなせない』

一瞬の沈黙。

次の瞬間、今度はヴェイのほうから魔力波が吹き乱れた。

「殺すっ！」

「待て！　ヴェイ！」

ベリウスの制止も聞かず、ついにヴェイが剣を抜いた。

――だが

「これ以上勝手な真似をされると、貴方を怪我なく帰すことが出来なくなります」

「なにっ!?」

ヴェイを止めたのはアイルだった。

剣を振りかぶったヴェイに対し、一瞬で距離を詰めたアイルの剣の切っ先がヴェイの喉元に向けられている。

「てめぇ……」

「そこまでだ！」

遅れて追いついてきたベリウスとガルムがヴェイを押さえつける。

「くそがっ！」

二人がかりの拘束を無理やり振りほどくヴェイ。

アイルは冷静に睨みつけるだけだ。

「ちっ……」

それだけ言って剣を納めたヴェイは、大人しく引き下がっていった。

「ふぅ……」

それを見てようやく息をついたアイルも剣を納める。

アイルは内心驚いていた。

自分があれほどまでに早く対応出来たことに。

そして目の前の強敵に全く臆すること無く立ち向かえたことに。

『お嬢様も盟約を結ばれているのです。自覚がなくとも自然と力は身についております』

「なるほど……」

『ですが、それをどう使いこなすかはお嬢様次第。先程の判断、動き、見事でございました』

ロバートが耳打ちする。

アイルが自分で思う以上に動けた背景には、ランドがベリモラスの【ネクロマンス】に成功したこともある。

だがそれ以上に、アイルの内面の成長が大きな鍵になっていた。

以前のアイルならば力があったとしてもあの状況で真っ先に動くことなど出来なかっただろうから。

「部下がとんだご無礼を……」

冷や汗をかいたベリウスが平謝りする。

『いえ、ですが止められて良かったですな』

「本当に……感謝しております」

『ええ、もし万が一のことがあればミッドガルド商会と戦争になるところでございました。あなた方が』

「なっ……」

ベリウスが改めてセラのほうを見る。

「まさかあの方が……」

冷や汗が止まらなくなったベリウス。

ヴェイを含めもはや立ち尽くすことしか出来なくなっていた。

◇◇◇【騎士団視点】

「とんでもないことをしてくれたな、ヴェイ!」

帰り道を逃げるように急ぐ騎士団員たち。

団長ベリウスは勝手な真似をしたヴェイを叱責していた。

「……」

ヴェイは何も言わず考え込んでいる。

「くそっ……これでミッドガルドが出張ってくれば全て変わるぞ……!」

その言葉にようやくヴェイが口を開いた。

「いやいや……あれを見て気づかないはずがないだろう? 団長?」

ヴェイはベリウスよりもある意味では冷静だった。

ただの小娘と侮った相手。

何の問題にもならないと考えたアイルにさえああもやり込められたのだ。

ヴェイは自分の力を過小評価するタイプではない。だが過大評価もまた、するタイプではなかった。

正しく自分の力量を見極めているからこそ、言うべきことがあった。

「団長は本気で、あれと戦うつもりなのか？」

その言葉は団長だけでなく周囲を並走する他の団員たちにも突き刺さっていた。

得体のしれない領民。

洗練されたメイドたちの動き。

それを統率する化け物の老人。

唯一自分たちが理解出来る範囲にいると思ったはずのアイルですら、騎士団随一の腕を持つヴェイに何もさせなかった。

それにあの場でアイルが動かなければあの鍛冶師にヴェイが殺されていた……そんな景色が頭をよぎる団員も少なからずいた。

非戦闘員のはずの鍛冶師ですらあれだけのオーラを持つ異質の領地に恐れを抱き始めていたのだ。

「ふんっ……なに。我々は今日の調査結果を持ち帰る。いいかヴェイ？　我々の背後にあるものを考えろ」

「背後……あのババァが……？」

「口を慎め。もはやこれは戦争なのだ。我々騎士団、王都ギルド、そしてその後ろ盾となる軍務卿と魔術協会。我々が勝手に止まるわけにはいかない」

ヴェイはそこではじめて団長が震えていることに気付いた。

「止まるわけにはいかないのだ……」

悲痛な面持ちで馬を走らせるベリウス。

その背中に声をかけられるものは誰もいなかった。

十三話　状況整理

「なるほど……そんなことがあったのか」

領地に戻ってすぐ、アイルとロバートから騎士団がやってきたときの話を聞く。

「災難だったわね」

「はい……守りきれたのは不幸中の幸いでした……」

「よく頑張ったじゃない」

「そうだな。ありがとうアイル」

ロバートは脅しの意味を含めて戦争と言ったが、セラをそんなことで失ったとあればそれどころでは済まなかっただろう。

もっともスペクタークラスのアンデッドになっているセラに剣を向けたところで消滅させるのは難しかっただろうが……。

「も、もったいないお言葉です……」

アイルが顔を赤くしていた。

アイルの成長は喜ばしい。王都ギルドが正面切ってこちらに敵対してきている以上、俺とミルムにはSランク冒険者が複数当てられる可能性を考えないといけない。

Sランクは一人で戦況をひっくり返す化け物……。

ミレオロやミルムのような規格外の力を持つ相手が敵になってもおかしくないのだ。

「騎士団の相手は、二人に任せて大丈夫そうかな？」

改めてアイルとロバートに問いかける。

「はい！　必ずや……！」

『騎士団だけが相手ということであれば問題はございません。ですが……』

「上出来よ。他のはこちらで引き受けるわ」

『頼もしい限りです』

ミルムが他のとくくった中に含まれる筆頭はミレオロだ。

出来るなら不死に対策が出来るミレオロの相手は俺が受け持つべきなんだろうけど……。

「相手のことをもう少し知りたいわね。せっかくここには直通の連絡手段があるんだから、あの辺境伯を使えば良いいんじゃない？」

「あー、そうか」

セシルム卿が握っている情報を頼りに戦略を立てるか。

とはいえこちらの戦力はこれ以上期待出来ないけど……。

「いざとなれば貴方があちこちでアンデッド連れてくればいいだけよ」

「簡単に言うな……」

「少なくとも神竜よりは簡単でしょう？」

「お二人は神竜を……!?」

驚くアイル。

そうだった、まずはそこから説明しないとか。

セシルム卿への連絡をメイドに任せてから、俺たちはそれぞれ改めて何をやってきたのか情報交換を行った。

◇◇◇

「あの神竜を……まさか本当に……」

「あと二体いるけどね」

「お話を聞く限りもはや時間の問題なのではと思ってしまいますね……」

「次はアイルも行くか？」

「え……」

固まるアイル。

実力としてはもう並のSランクには勝てるくらいの強さだと思うんだけどな。あとは実戦経験を積んで自信が持てるかどうかだろう。

かくいう俺も常にミルムのそばにいるから言うほど自信があるわけではないんだけど……。

そんな話をしているとロバートが率いるメイドが二人、姿を現した。

『主人様。報告させていただいても？』

「もちろん」

メイドから情報を聞いたロバートから改めて報告内容が伝えられる。

メイドたちから得られた情報は二つだった。

一つ目は頼んでいたセシルム卿への連絡だ。

『セシルム辺境伯、ギルドマスターギレン、ミッドガルド商会会長マロン、お三方に当たりましたが分かったことは敵勢力が用意出来そうなSランク冒険者は三名程度だろうということ。そしてこちら側に戦力としての補強は望めないことでした』

「三名か……」

こっちの戦力が増えないことは分かっていた。

ギレンの管轄にこの戦争に巻き込めるような実力者はいない。フェイドたちが筆頭パーティーだったんだからな……。

セシルム卿の私兵団も一番強いアイルがすでにいるわけだ。

　そしてそもそもマロンさんはそれらを雇う側であって自分の兵など持たない。いや強いて言えば俺たちがその役割を担っているか……。

「ミレオロ、メイル、クエラに、Sランク三人……。数で負けることはないにしても、騎士団の他にも戦力は揃えてくるだろうなあ」

「良いじゃない。そっちは任せても」

「まあ……」

　アイルとロバートならSランク相当のイレギュラーが来ない限り騎士団と他の冒険者程度は対処仕切るだろう。

「出来ればSランクの一人か二人くらい、引きつけてくれると楽かしら？」

　アイルに向けてミルムがそう言う。

「引きつけられるでしょうか？」

　その言葉に俺とロバートは内心驚いた。

　つまりこれは……。

「引きつけられれば任せられるということね」

　アイルが静かにうなずき、ミルムが満足そうに笑った。

「いいわ。そこまではお膳立てしてしてあげる」

『有象無象（うぞうむぞう）は我々におまかせくださいませ』

これでミレオロ、クエラ、メイル、あと二人……。

「ミルム、俺、レイ、エース、アールでちょうど、か？」

ベリモラスは数に数えられないだろうしな。

「Sランクでどんなのが出てくるか分からないけれど、そっちの二人は私がなんとかするわ」

「おお……いや、待て？」

「貴方は従魔を率いて万全の体制でぶつかればいいじゃない」

俺が、ミレオロたちを引き受けるってことか……。

「これはベリモラスに交渉しておいたほうが良いかもな……」

ミルムは相変わらず不敵に笑うだけだった。

十四話　エルフの森【ガルム視点】

王都騎士団副団長ガルムは悩んでいた。

ランドの領地の視察。もはや騎士団では歯が立たないことは身に染みて理解させられた。

いかにしてこの状況を打開するべきか……だが騎士団副団長という立場はこの場においてあまりに発言権がなかった。

「報告は……以上になります」

団長ベリウスが冷や汗をかいているのだ。そんな状況で自分に何か言えるはずもなかった。

報告は見てきた通りの内容を忠実に説明するもの。

それはつまり、暗に計画の破綻を指摘するものだった。

「ふむ……つまり君たちは主力不在の敵陣で何も出来ずに尻尾を巻いて逃げ帰ってきた、と」

「ぐ……」

軍務卿、王都ギルドマスター、そして騎士団長。

副団長であるガルムは席にすら付いていないのだ。護衛程度にしか見られていないだろう。

「まぁ良い。敵戦力が大きいということは分かった」

軍務卿リットルが静かに告げる。

「Sランクの冒険者の手配を急げ」

「はい……王都ギルドの威信にかけて……」

「威信、か……そのようなものがまだ残っておれば良いのだが……」

このときすでに王都ギルドマスターカイエンもまた、発言権などなくなっていた。

騎士団の視察中、主力であるミルムとランドの引き離しには成功したものの、その代償は非常に大きかった。

すでに王都ギルドにギルドマスターを慕うものはいない上、あの一件で王都を離れた実力者も多くいた。

「騎士団は念のため予備戦力を含めた全てを動員しろ。外部との戦争は現状起こさせぬ」

「かしこまりました……」

軍務卿は引くつもりはない様子だ。

それはそうだろう。いくら説明したところで頭にあるのはすでに廃墟と化したゴーストタウンにたかだか冒険者の数名がいるだけ。

しかも主力となる冒険者には国内有数の実力者であるミレオロが自らぶつかると宣言しているのだ。

こんな条件で負けるなら軍務卿になど上り詰めてはいない。

だがガルムは思う。

もし軍務卿が自らあの地を実際に見ていればと……。

そうすれば今いかに無茶な戦争を仕掛けようとしているのかよく分かるはずだから。

「あとは……」

会議をまとめようとしたところだった。

「へェ。こんなところでこそこそとご苦労だねェ」

「ミレオロ様っ!?」

「どうヤら相手さんは思ってたよりちゃんとしてるみたいだからねぇ……念のために一個あんたタちに仕事をあげるよ」

「仕事……？」

軍務卿が恐縮し切った様子で聞き返す。

「エルフ狩りサ」

聞き慣れない言葉に戸惑った一同だが意味が分かった途端顔色を変えて目を見合わせていた。

◇◇◇【クエラ視点】

「どうして……こうなってしまったんでしょうか……」

クエラは教会の期待を背負った最高神官として、次期勇者と名高いフェイドのパーティーに入った。

そのときはどうしてランドが副リーダーなのか、クエラにはよく分からないほど、ランドの扱いはひどいものになっていた。

そしてすぐ、ロイグが実質のリーダーとしてパーティーを動かすようになっていった頃だった。

「私は、何か出来たのでしょうか」

最初は順調に思えていた。

フェイドは次期勇者の呼び声の通り、その力をメキメキと高めていく。

教会と勇者の関係は深い。

王国の最高戦力として祀り上げる勇者――その箔をつけるのが教会の役割だった。

「魔王もいないこの国の現状を思えば、フェイドさんは良き勇者候補でした……」

そしてクエラもまた、歴代最高と謳われた聖女候補だった。いやすでに一部で奇跡の聖女などと謳われていることも、クエラ自身分かっている。

だが現在は勇者、聖女ともに空席。

それでも国は回っていたのだ。

「所詮お飾りだったということでしょうか……」

現状は誰の目から見ても絶望的だった。

どこでボタンをかけちがえたのか分からない。

どこかに戻れるとして、クエラは自分で何かが出来ただろうかかと考える……が。

「いえ……ダメでしょうね。私では」

もともと聖女候補に祀り上げられるに至るまでも、クエラは聖女になるための努力をしてきたタイプではない。

たまたま人より多い魔力と、聖属性に対する適性があった。

純粋な才能だった。

その才能を追いかけるようにして、クエラの中にある種の正義感が生まれた。

教会のため、そこに残された孤児たちのため……。

クエラが聖女になることで救われる者がいるのなら、そうなろうと、そう思った。ただそれだけで、ここまできていたのだ。

「その程度の覚悟で、務まるはずが……」

クエラの瞳から涙がこぼれる。

だがそんな資格すらもう、失われているような思いすら、彼女の中には芽生えていた。

「ランドさんの脱退を止めるべきだったたか、ロイグさんの暴走を止めるべきだったか、そのロイグさんの首を刎ねたフェイドさん……ミレオロと手を組むメイル……」

事態が進むごとに悪くなっていった自分たちの行いを悔やむ。

「ランドさん……」

ランドの活躍はもう、耳をふさいでいたって勝手に入ってくるほどのものだ。

辺境伯と大商人に認められ、領地を持つに至っている。

隣に並ぶヴァンパイアだってきっと、人に仇なすものではない。そうならすでに、ランドが刺し違えてでもなんとかしていると、クエラは考えていた。

「そうか……」

そこでふと、クエラは気付く。

いつだってロイグに引っ張られそうになるフェイドをギリギリで食い止めていたのは、ランドだったことに。

「今になって気付いたところで……もう遅いですね……」

そこで部屋に近づいてくる足音に気づく。

「行くよォ。準備シな」

「ミレオロさん……？　一体どこに……」

突然の来訪。

後ろにはメイルの姿があった。

「エルフ狩りサ。あんたラの敵は思ったよりヤるようだからねェ」

心底楽しそうに、ミレオロはそう言って笑った。

「エルフ狩りって……」

「魔道具の材料にするダけさ」

平然とそう言ってのける。

そこに悪意などなかった。

ミレオロは、呼吸をするように他者を殺す。

その様子を見て、クエラの中に一つ、光が差し込んだようなそんな思いが芽生えた。

自分にも出来ることがまだ、あるかもしれない、と。

◇◇◇

エルフの森。

ベリモラスが封印されていた神域ダンジョン【久遠】の、そのすぐそばの森にミレオロたちは姿を見せていた。

森に向かったのはミレオロ、メイル、クエラの三人と、別働隊として騎士団の人間たちが動いている。

「メイル、あんたカら見せてやリな」

「……ん」

突如、メイルの周囲に無数の魔法陣が浮かび上がる。

その数はかつてデュラハンと対峙したときから、数倍に膨れ上がっていた。

「良いじゃァないカ。アタシの教えが役に立っタかい？」

「……気が散る」

取り合わないメイルだがミレオロの言葉は否定出来ないものがあった。

メイルの力はミレオロによって以前までの数倍に膨れ上がっている。

単体Sランク――その力を持った冒険者を相手取っても、数人相手ならやられないだけの力がある。

パーティーとしてSランクまで上り詰めたクエラがその様子を見た印象は……。

「おかしい……」

その一言に尽きた。

人は普通こうも急激に成長しないのだ。

ランドがパーティーにいた頃と独立してからで大きな差が出た事例。

あれはフェイドの話から考えるなら、ランドには元々相当な才能があったのだと、クエラは考えていた。

「それこそ私たちとはまるで違う才能があった……」

それがあるきっかけで爆発した結果、ネクロマンサーという唯一無二の存在へと覚醒した。

だがメイルの変化はおかしい。

明らかにステータス自体が大幅にいじられているのだ。

ランドとは違い、メイルは自分の才能を百パーセント以上に活用する技術を持ち合わせていた。

「あれじゃあ……身体が……」

メイルは天才だ。

自分の限界を強制的に超えさせる技術……ミレオロの助言をメイルは余すところなく生かしきることが出来る。

その結果身体にダメージがあることも、当然理解していた。

そしてエルフの森にやってきた理由もまた、メイルだけが理解していたのだ。

「……これで、身体の心配はなくなる」

「サすがはメイルだ。そうサ。肉体が才能に耐エきれないのなら、その肉体をいじっちまえばいいんだヨ。その材料はここにいくらデもあるんだからねェ」

その言葉を聞いて、クエラはついに決意を固めるに至った。

「私が……止めないと……」

クエラは奇跡の聖女として、慈愛に満ちた存在として、人々と接し続けてきた。

それは本人も意識しない部分で、呪いのように、彼女が彼女自身に対しても自愛の精神を育み続けていた。

「私が……」

震える身体を抱きながら、クエラは初めて覚悟を決めた。

自分の信念を守るために、目の前の強大な相手と戦わなければならない。

彼女が真の意味で聖女へと至る、その第一歩が踏み出されようとしていた。

◇◇◇【騎士団視点】

ミレオロの真意が明かされたとき、その場にいたのはクエラだけだった。

同行していた騎士団の人間たちは、別働隊として森の別の場所に向かっていたのだ。

「団長……本当にエルフを……」

「くどいぞガルム。これはもう国としての決定事項だ」

「ですが……」

団長ベリウスに食い下がるのは騎士団ナンバーツー、副団長ガルムだった。

以前からミレオロに対して否定的だった彼だが、今回の作戦はそれにとどめを刺す形になっていた。

「罪のないエルフたちを……」

そのときだった。

——ドゴン

ミレオロたちが準備を進めているはずの場所で、巨大な爆発が起きていた。

「急げ！　向こうは俺たちを待ってはくれん。間に合わなければ俺たちごと焼き払うつもりだ！」

「うげぇ……あんなバケモンにやられるくらいなら罪がなかろうがなんだろうがエルフと遊んだほうがよっぽどましだな」

団長の言葉に続いたのは実質騎士団のエースであるヴェイ。

副長ではあるが、強さだけならば隊長格より上である。

素行の問題から昇格こそしないものの、実力はもう誰もが認めるところだった。

「くそ……」

「ガルム副団長……あの地に、あの人間たちに私は悪意を感じませんでした」

ガルムに賛同したのは若手のジルだ。

あの地の視察に行った人間の反応は二極化していた。

団長ベリウスとヴェイは、あの地を危険なものであると断定し、徹底抗戦のためにミレオロとの協力に前向きだった。

一方このガルムとジル、そしてベテラン騎士であるビンドは……。

「ジル。やめろ、お前はまだ若い」

「ですが！」

「気持ちは分かる。だがここで何か出来るわけではなかろう……」

「ぐ……では、黙ってこのまま、罪のないエルフが焼き殺されていくのに協力しなければいけないのですか……」

「いや……」

ビンドが笑う。

「ガルム副団長と俺に任せろ」

「え……？」

不敵に笑うビンド。

その言葉に驚いたのはジルだけではない。

「お前……」

「お供します。副団長」

副団長ガルムがこの作戦で離反することを、ビンドは悟っていたのだ。

——ドン

森には再びメイルの大魔法が炸裂していた。

◇◇◇【クエラ視点】

「へェ。お前はメイルが壊れちマってもいイんだねぇ？」

「違う……私はっ！」

二発目の魔法。

それは森へと降り注ぐことなく、奇跡の聖女――その候補だったものによって食い止められていた。

天才メイル、それもミレオロの改造によって力を高められたその一撃は、当然クエラをもってしてもノーダメージで食い止められるものではない。

だが不思議なことに、攻撃したメイルのほうが消耗を見せていた。

「はぁ……はァ……」

「いけない……メイルさん、回復を」

「無駄なんだァよ。こいツはもう壊れちまってんのサ。治す方法なんテありゃしナい。換えを持ってコないといけないんダよ！」

「ですがっ！」

食い下がるクエラ。

その様子を見てミレオロは一言、こう言った。

「中途半端なヤつだね」

「――っ」

その一言が、クエラに突き刺さる。

分かっていたのだ。

流されるままにパーティーに参加し、流されるままにランドを見殺しにしようとした。

その後もそうだ。

メイルについていき、ミレオロに出会った。

ランドたちへの接触後も、どっちつかずのままずるずるとここまできた。

何もかも、人任せで、自分で決めたことなど何一つなく、それで何かを得続けたいと願い、何も失いたくないと夢見ていたのだ。

「あんタ一人が抵抗したところで、助カる命の数は変わりゃシないのサ」

聖女候補として、目の前の命なら全てを救えると信じてやまなかったクエラ。

そのくせ自分の身を守るためであれば、目の前の命などあっさり見放せたのだ。その事実にずっと目を背け続けてきただけだ。

「……」

その聖女が、ようやく自分と向き合い始めた。

だがそれは、彼女のこれまでを思えば遅すぎる話であり、誰も彼女を待ってくれなどしないのだ。

「やりナ。メイル」

聖女が自分を捨ててでも、友を捨ててでも、見知らぬエルフを救う決断をするには、時間が足りなかった。

◇◇◇

「なんだ……これ……私は、死ぬ……のか？」

「うわぁあああ。嫌だ！　嫌だ！」

「とにかく逃げなければ……」

エルフの里は突如放たれた大魔法により大混乱に陥っていた。

人間と比べれば無限と言っても良い寿命を持つエルフたちにとって、死という概念は非常に遠いものであった。

それが突然目の前に運び込まれてきたのだ。その混乱っぷりは筆舌に尽くしがたい。

一人ひとりがAランク相当と言われる力を有するエルフとて、ミレオロの魔道具によって突如現れた敵を前にすればほとんど無力だった。

「団長……」

「我々の任務は逃げてくるエルフたちを食い止めることだ。一人でも取り逃がせば我々の居るこの場所ごと焼き払われる……我々が何もしなくとも、彼らはもう助からん」

団長ベリウスの表情は、その口から出た言葉ほどに割り切れたものではなかった。

「うわぁあああああ」

「来るぞ！」

混乱に陥っていたエルフのうちの何人かが、そのままの勢いで森を出ようと駆け出した。

「んじゃあまぁ、仕事をするとしますか」

いち早く反応したのはヴェイだった。

森を駆け抜けようと走り出したエルフたちを素早く迎え撃ち――

「うわっ!?　なんだ……!?　人間!?」

「まずいぞ！　森を奪われた我々に抵抗する術は……」

「ほう？　そいつぁいいことを聞いたぜ。安心して狩りが出来るってわけだな！」

「ひぃっ……！」

エルフの青年の悲鳴。

それとほぼ同時に……。

――ガキン

「……なんのつもりだ？　ジル」

騎士団随一の剣術を持つヴェイに抵抗したのは、若き才能であるジルだった。

「なんの罪もない相手を斬るのが、騎士団の仕事だなんて、そんなこと、間違ってるはずです」

「あぁ!?　間違いだろうがなんだろうが命令が出た！　それが全てだろうが！」

「それでも俺は！　彼らを見殺しには出来ない！」

「なら一緒に死んどけや！」

――ガンッ

ヴェイの剣を止めたのは副団長ガルムだった。

「副団長……あんたもかよ」

「ああ。そして私もな」

「ちっ……くそがっ！」

ヴェイの背後に素早く回り込みその身柄を押さえたのはビンド。

騎士団にクーデターが起きた瞬間だった。

「ガルム、馬鹿な真似はよせ」

「団長……最高戦力のヴェイが押さえられた以上、何も馬鹿な真似と言い切れる状況じゃないかと思いますが？」

「……違う。その先を見ろ。ミレオロを敵に回した我らに未来があると思うか？」

「逆ですよ団長。あのアンデッドタウン。あれこそ絶対に敵に回しちゃいけない相手ですよ」

「そうか……」

剣を抜くベリウス。

そのオーラは全盛期を過ぎてなお、歴戦の猛者であるガルムを、そして味方であるはずのヴェイですら、身震いするほどに強大なものだった。

「構えろ。ガルム」

「団長……」

騎士団のトップツーが剣を持ち向かい合う。

だが、それ以上の発展はこの場では起こらなかった。

――ズン

「なんだ!?」

「これは……この力は……」

森の空気が重くなったのを、その場にいた騎士団たちが全員感じ取ったのだ。

「まさか……もうぶつかるのか?」

副団長ガルムは、その異様な雰囲気に身体を震わせながらも、どこか期待を込めて森の上空を見つめていた。

◇◇◇

「やりナ。メイル」

「ん……」

ミレオロの指示に従い、メイルが三度目の極大魔法を放とうとした瞬間だった。

「【ネクロマンス】」

「――!?　これは……!」

エルフの森。神域ダンジョン【久遠】の入り口にほど近いこの場所は、大陸唯一のネクロマンサーの使役する魔物の中でも最も格が高い存在のゆかりの地であった。

「チっ……ちんタらしてるから邪魔が入ったじゃァないカ」

ミレオロが空からの侵入者を見上げる。

単体戦力で他の追随を許さない彼女を持ってしても、その存在は脅威だった。

「ランドさんっ！」

クエラにとって救世主にすら思えたランドの登場。

だがランドはクエラと目を合わせることもなく、冷たく睨みつけるだけだった。

ランドに付き従うのはいつものフェンリルではなく……。

「ベリモラス、あれが元凶だ」

『ふむ……不思議なものだ。我を封じ続けた場所だというのに、他者に荒らされるのは我慢ならぬとはな』

大地の覇者。

神話上の存在とされた伝説の竜、ベリモラスだった。

◇◇◇

——エルフをネクロマンスしました
——スキル【精霊の加護】を取得しました
——エルフをネクロマンスしました

——スキル【属性強化　木】を取得しました
——エルフをネクロマンスしました
——スキル【星詠(よ)み】を取得しました
——能力吸収によりステータスが向上しました
——使い魔強化により使い魔の能力が向上します

俺のスキルが発動したということは、間に合わなかったということでもあるわけだ。

だがことここにおいての相手の目的であるエルフの実験体回収は阻止出来たことになる。

命は救えなかったが、死者への冒瀆(ぼうとく)までは許さずに済んだ。

そう思うしかないだろう。

「ベリモラス」

『良かろう』

もはや作戦などない。

ベリモラスの力は圧倒的だ。

ベリモラスとの交渉の結果、この場所に限って、その力を発揮することを約束したのは良いものの……。

「チッ……引くヨ」

やはり……。

ミレオロは狂っていても馬鹿ではない。

神獣を相手に正面から戦いはしないだろうと言われていた。

だが……。

「逃がす前に何か出来るか？」

『……仕方あるまい』

――キィィィイイイン

ベリモラスが口を開けた途端、周囲に甲高い何かが響き渡る。

相対するミレオロは一瞬表情を歪ませたものの、そのまま自ら作り出した空間魔法でその場を後にした。

クエラとメイルとともに。

「何をしたんだ……？」

『逃げてなおヤツを苛む呪いだ』

「呪い……？」

『とはいえ、逃げると決めたあやつを捕らえるほどの力は我になかった。我の好意に感謝せよ』

ベリモラスはそう言うと、仕事は終わったとばかりに姿を消す。

俺もここに来た目的は果たしたし戻るとするか……。

決戦はもう少し先。それをお互い分かっているからこそ、ここに出てきたんだ。

「次で……終わらせる」

慌てて撤退する騎士団たちを眺めながら、かつての仲間に思いを馳せていた。

◇◇◇【クエラ視点】

「チッ！」

ドンと研究所の机を蹴り飛ばすミレオロ。

クエラは怯えながら、メイルは無表情にその様子を見ていた。

「神竜……聞いテないねェ、あんな化け物……」

「それより、呪いを……」

「あァっ!?　お前ゴときが神竜の呪いヲ解けるってのカい!?」

ミレオロに怒鳴られてクエラがビクッと縮こまる。

その様子にまた苛立たしげに爪をかみながら、ミレオロが考え込む。

ミレオロがここまで苛立つことも珍しい。

それだけ神竜の存在は大きな誤算だった。

「クソッ……エルフが手に入らなかったドころか余計な置き土産を……」

ベリモラスのもたらした呪い。

ミレオロはそれが確実に己を蝕むものであることは自覚しながらも、その効果さえ判断出来ずにいた。

それだけ、神竜と自身の間に、大きな差を見せつけられたのだ。

「メイル……あんたは何もないんだネ？」

「ん……。呪いはミレオロにしか影響してない」

とはいえすでにメイルの身体は限界を迎えそうになっていたわけだが……。

「そうカい」

おもむろにミレオロがメイルに近づいていく。

「分かってるね？　今回のエルフ狩りの目的は」

「ん……」

メイルがうなずいたことに満足気にミレオロが笑う。

「私はねェ。勝てる戦いしかしないのサ」

「知ってる」

「エルフの代わりは……」

クエラがそこでようやくミレオロの意図に気づいて身構える。

エルフ狩り。その目的はエルフの膨大な魔力と生命力を利用した魔道具の制作による、自分たちの戦力補強と、メイル自身の身体的な崩壊を食い止めること。

それが逆に、殺したエルフをランドに吸収され、さらに謎の呪いを受けた状況。

ここから勝ちうる方法は、誰かがエルフの代わりになることだけだった。

そしてその代わりが……。

「私サ。うまくやりな」

「ん……」

「え……」

薄暗かった研究室に光が満ちたかと思うと、次の瞬間にはもう、ミレオロの姿はなくなっていた。

その代わり……。

「ぐ……」

「大丈夫ですか!?　メイル……すごい汗ですが……」

「大丈……夫……これが……ミレオロの……」

ミレオロは自身の力をメイルに預ける選択をしたのだ。

呪いの正体が分からない以上、これが最善であると考えて。

もともと身体にこだわりはない。

自分の身体も散々いじくり回してきたミレオロにとって、自分が肉体を捨ててメイルに力を与えることにも、さしたる抵抗は起こらなかったのだ。

そしてメイルもまた、自分の身体にこだわりなどない。だからこそ、エルフの森へ赴き、新たな器を探していたのだ。

「……油断したら、持っていかれる……」

メイルとミレオロの精神は、微妙なバランスの上でせめぎ合いを続ける。

一方でメイルの身体的な影響は、ミレオロの力が宿ったことで納まっている。

その力は、もはや聖女候補と謳われた、大陸でも随一の力をもっていたはずのクエラを持ってしても、計り知れないものになっていた。

十五話　決戦準備

「ランドさん……！」

「アイル、突然出て行って悪かったな」

ベリモラスが異変を感じたということでエルフの森に向かったわけだが、アイルたちに残ってもらったこちらは幸い何事もなかったようだ。

向こうに戦力が固まってたからそこまで心配はしていなかったんだけどな。

「表情から察するに、千載一遇（せんざいいちぐう）のチャンスは逃したのかしら」

ミルムは言葉のわりに柔らかい表情でそんなことを言ってくる。

エルフの森の異変は原因が分かっておらず罠の可能性もあったので、ミルムに残っておいてもらったのだ。

場合によっては【宵闇の棺】ですぐに呼び出せるという理由もあったが。

「そうなるな……ただまぁ、ベリモラスも手伝ってはくれたぞ」

ベリモラスの協力を取り付けられたのはミルムの言うとおり、非常に大きなチャンスだった。

神竜は従えているというよりお互いが契約に縛られている関係。気が向いたときにだけ繋がっているというのが今の状況だった。

次もまたベリモラスの協力が得られるかと言えば、おそらくそうはならないからな。

ひとまずあちらで何が起きたかを伝えて、今後の方針をもう一度見つめ直すことになった。

◇◇◇

『改めて、この領地の戦力はこちらでございます』

「ありがとう」

俺からミレオロたちの状況を伝えると、ロバートさんがこちらの戦力を改めてまとめてくれた。

ダンジョン周回の恩恵を受けて当初の予定よりも大幅に増強された領内のアンデッドたち。

アイルとロバートがうまくやってくれているおかげだ。

「これだけいれば、騎士団は大した問題にならなそうね」

「そもそもなんか揉(も)めてる様子だったしな」

騎士団側で内部衝突が起きていたことは感じていた。詳しい事情は分からずとも、これがうちにマイナスになることはないだろう。

そもそも、団長、副団長の他にSランク相当になる団員はいても一、二名。

それに一口にSランク相当といってもその中身には大きな隔たりがある。

「やっぱり問題はSランク冒険者たちがどれくらい来るか、だな」

「今回の件でなりふり構わず数を増やしたりしなきゃいいけれど」

ニヤッと笑うミルム。

嫌なことを言う……が、その可能性は大いにあるからな……。

騎士団は底が見えているが、冒険者は出てくる人物によってはミレオロやミルム級のSランカーも存在はする。

いま問題視すべきはこちらだろう。

「元々は三名と言うことでしたが……増えると？」

アイルの質問の答えはハッキリとはしないが……。

「目的はハッキリしないにしても、エルフの森で相手はやろうとしていたことが果たせなかった可能性が高い。となると、分かりやすく戦力調達に走るのはまあ……」

「あるでしょうね」

「……」

考え込むアイル。

領地はダンジョン周回のおかげで順調にアンデッドたちが強くなっていっているが、こちらは人でも死なないなきゃ仲間は増えない。

今回のエルフの森の犠牲者は、意思のあるものだけは連れてきたから増えたのは上位種五体ほど。ミッドガルド商会、セシルム辺境伯、そしてギレンからの増援は見込めない。

対する敵は王都ギルド、騎士団、魔法協会がどこかから人を連れてくる可能性があり、少なくとも三名ほどSランクが加わると予想されている。

ミレオロの性格を考えれば増強された戦力が向かう先は……アイルが守るこの場所になる可能性が高い。

俺がギルドの立場なら、ミレオロのような何をするか分からない相手のもとに貴重なSランク冒険者を置きたいとは思わないからな……。

そのことが分かった上で、アイルが口を開いた。

「ランドさんとミルムさん、そして三大使い魔の皆さんは対ミレオロのため遊撃となり、残る私とロバート以下、この領地の戦力で守備を固める。この方針を変更はしないでおきましょう」

「……いいのか？」

Sランク二人までは引きつけるとは言っていたが、それを超える可能性があるのだ。

それにこの誘導はミルムが担当する予定だったから、それこそ規格外のSランカーであればミルムが事前に対応することになっていた。

増える可能性のある戦力については、もうどんな相手が来るか読めないんだが……。

「はい。こちらのことはお任せください」

どんな心境の変化があったかは分からないが、アイルの目には任せられる何かがあった。

「なら、頼む」

「はい」

それを受けて、ミルムがこちらに問いかける。

「あの女の相手はしてくれるんでしょう？」

「ああ」

ミルムにミレオロ（不死殺し）の相手はさせたくない。

「なら、私は自由に動くわ」

「それが一番助かるからな」

場合によっては領地（こちら）の守備を固めてもらったほうがいい。

「よし、もうこちらの準備は整ってるようなもんだし、動くか」

「当てはあるの？」

「ベリモラスのおかげでな」

ベリモラスの呪いの効果は全ては分からないが、俺はもう、ミレオロを見失うことはなくなったのだ。

◇◇◇

【騎士団視点】

「貴様らとんでもないことをしてくれたなっ！　私があのあとあの女に何を言われたと思っている!?」

会議室で憤慨するのは軍務卿リットルだ。

ミレオロはエルフの森で起きていた騎士団のクーデターを見逃していなかった。

副長クラスはAランク上位。それが二十名を超えるという一大勢力の騎士団の離反はミレオロにとっても大きな問題だ。

だからこそ、この件を騎士団をまとめるはずのリットルに強く問うたのだ。

「団長さんよぉ。規律違反は謹慎。俺にあれだけ言うんだからしっかりやらせてくださいよ」

「ヴェイ……」

「馬鹿なことを言うな！　今ここで戦力を下げさせる余裕などあるか！　ここで私が直々に根性を入れ直す！」

リットルの怒声にビクつくのは、ヴェイの一撃を止めた若き才能、ジル。

だが隣に立つビンドと副団長ガルムの堂々たる姿を見て再び顔を上げた。

「とにかく！　ミレオロからの指示だ。使えない騎士団のせいでプランが崩れた。Sランクを集めろ、だ。出来るな!?　カイエン殿」

「ええ、もちろんですとも。ギルドからは三名のSランク冒険者を……」

得意げに語るカイエンの言葉をリットルが遮る。

「それは当初の数ではないか！　足りんのだ！　十は集めろと言われている」

「十!?　単独でSランクの認定を出せるようなもので、すぐに捕まえられる者など……」

「そうやって言い訳ばかり並べるからこの前も失敗したのであろう！　良いから結果を出せ！」

「うぐ……」

ランドたちが神竜を連れてきた一件はカイエンの評価に大きく響いている。むしろこの状況でなければ責任を追及されてもうその地位にいなくてもおかしくない状況だった。

だがカイエンの意見はここにおいて、至極まっとうなものだった。

今回の任務はアンデッドタウンでの戦いといえば聞こえはいいが、辺境伯の後ろ盾を持つ貴族に対する攻撃、その過程で人間を相手にすることも十分考えられる。

そのとき、ギルドがコントロール出来る冒険者でなくては意味がないとなれば、大陸中からかき集めようと、十人もの実力者など到底不可能な数なのだ。

そんなカイエンの考えを読んだように、リットルがこう告げる。

「案ずるな。ミレオロの指定した場所に連れて向かわせさえすれば、思想どころか生死も問わんと聞いておる」

ニヤリと笑うリットル。

その言葉を聞きカイエンは頭の中で必死に冒険者たちをリストアップしていく。

リットルの指示満たすためにはもはや、無理矢理Sランク認定を出すことも視野に入れ始めたほどだ。

「ちょうどいい。あの女がどうするつもりか知らんが、この愚かな騎士団員も連れていけば良かろう」

リットルの提案。

ミレオロのこれまでを思えば、おそらく三人の意思に関係なく操れるだけの何かが用意されている。

ガルムはその時点で自害すら決意しかけたところで……。

「お待ちを。あの女は何をしでかすか分かりません。騎士団は冒険者たちと異なり、上が抜ければ統率出来た動きを失い弱体化します。ここは私に免じて、この者らの処分はこちらにお任せいただきたい」

団長ベリウスがリットルに告げる。

「なにぃ？」

リットルも面子(めんつ)を潰された手前引き下がる気はないようだったが……。

「ふんっ。まあ良い、次はないと思え！」

「はっ……」

低姿勢な発言からは考えられぬほどのベリウスの圧を受け、リットルは捨て台詞(ぜりふ)を吐くことしか出来なくなっていた。

リットルとて修羅場をくぐり抜け今の地位に上り詰めた男だったが、騎士団長ベリウスの圧はその比ではない。

軍務卿を中心とした勢力の崩壊への動きは徐々に固まっていきつつあった。

◇◇◇【アイル視点】

「壮観ですね……」

『ん……上位種までは全員装備を整えた』

「どれもあのミッドガルドの最高職人のオーダーメイド品……これだけで普通は一生食べていけるだけの財になりますね……」

『大したことは、ない』

アイルの言は大袈裟（おおげさ）なわけでも世辞でもなく事実なのだが、その辺りに無頓着なセラは興味なさげだ。

「一般種も含めて全員が全身鎧を着られるなんて……」

通常、全身鎧は高価なもので、これが揃えられるのは王家や大貴族の抱える騎士団程度。

その数もそう多くはないのだが、領地のアンデッド全てがそうなったということは……。

『いよいよ王国と全面戦争でも出来そうな戦力になりましたな』

「これから実際に王国の誇る最高戦力と正面からぶつかるだけに、ありがたいのはありがたいのですが……」

『壊れても、予備はある。あと、おまけ』

そう言ってセラが披露したのは……。

「ゴーレム!?　それも、あのダンジョンにいたような……」

『技工も増やしてる。仕掛けが複雑だから、そうそう壊れない』

五体一組となったゴーレムが十五体。

実際に戦ったからこそ、アイルにはこの戦力増強の大きさがよく分かっていた。

「わざわざ貴重な素材を回していただき……」

『ん……工房がなくなると、困る。終わったらまた素材にすればいい』

それだけ言うとセラは作業に戻っていく。

すでにランドたちが旅立った領地。もうこの地に生きた人間はアイルしかいない。

だがそれでも、すでに街は復興をすすめ、領内の整備も進んできたところだ。

侵略者に好き放題荒らされるわけにはいかないと、留守を預かったアイルは気合を入れ直す。

「じぃや。ゴーレムも組み込んでもう一度防衛ラインの整備を行うので、各地の連絡要員を集めておいて」

『かしこまりました。お嬢様』

ロバートに指示を送りながらも領地内の戦力指揮をどのように執るべきか懸命に頭を回すアイル。

アンデッド同士にも相性がある。移動手段一つとっても大きな違いがある彼らをどう配置し、どう動いてもらうか。

同じ戦力だとしてもその戦力には大きな差が生まれるだろう。

「相手は騎士団が主だとしても、上位冒険者とそれに匹敵する副長以上クラスを思えば……」

領内の最上位種と、上位ランク相当の相手の数を比較したとき、おそらく優勢なのは騎士団側。

そして歩兵の数でも騎士団は勝るだろう。

さらに厄介なのが……。

「ミレオロが魔道具を供給した場合……」

アイルの頭に描かれるのは常に最悪のシナリオ。

あのときのスタンピードと同じことを、今度は人間の騎士団が行ってきても全く不思議ではないのだ。

「そんなことは……させない」

ランドからは領地がどうなろうと再興するから、とにかく生きろと言われている。

だがこれはアイルの誇りの問題だった。

「二度もこの地を、好き勝手されるわけには……！」

無力故に何も出来ず、無力故に生き残った少女が、ようやく過去にケジメをつけるときが来た。

◇◇◇

「来たっ！」

見張りからの連絡を受けてアイルが動く。

『敵影およそ二千……なかなか数を揃えてこられましたな』

「二千もっ!?」

王都騎士団は総勢三千とされる大組織。

常駐するのは半数だが、その常駐部隊が全て出てきた形であることと、カイエンが手当り次第に冒険者たちを集めた結果でもあった。

『未知の魔道具を所有しておりますな』

「……」

思い描いたシナリオ通りではある。

最悪のシナリオではあるが……。

「これではまるで……スタンピード（あのとき）と同じ……」

『あのときも確かに、未知の相手がうじゃうじゃと現れたものですな』

「じぃや……」

『あのときとは違うのです。こちらにも戦力が整っているのですから』

前回を知っているからこそ、ロバートから出る言葉にアイルは勇気づけられる。

気持ちを持ち直したアイルが改めて戦況を確認した。

「数は良いとして、単独で厄介な敵は……」

『先頭をいく団長、副団長は言わずもがな、それぞれの隊長はAランク上位相当からSランク。副長格も皆Aランク相当……つまりうちの上位種と単騎でやりあえますな』

「団長、副団長で二、隊長が七、副長二十……そして冒険者が……」

『単独で行動する冒険者はもはや索敵が追いつきませんが、最上位種を当てたほうが良い相手が少なくとも五』

最上位種を当てるべき相手……つまりSランク相当の冒険者が、それだけ存在するいうことだ。

対する領地の戦力は最上位種がロバートを含め二十五体。

上位種は百以上が揃っている。

「質の上では、我々が勝っている……？」

『見えている範囲では、ですな』

油断出来る状況ではもちろんない。

アイルが指揮するこの騎士団は、最上位種は全て遊撃部隊とした。

歩兵を束ねるのは知能が高い上位種のアンデッドに任せ、力が高く知能が低いアンデッドなどは個としての活躍を期待したスタンスを取っている。

言うことを聞かないわけではないが知能が低い。ということは、アイルがしっかりと知の部分を補った采配を見せれば問題がないということになるのだ。

「まずはセラさんから頂いたゴーレムで足止めと様子見を！　歩兵は上位種の指揮のもと待機。最上位種のうち動きが遅いものは予定通り各拠点に待機して、機動力のあるものは索敵した冒険者の相手を！」

アイルのもとに集まる情報も、アイルが伝達する情報も、全てロバートの指揮下にあるゴーストメイド部隊が伝えていく。

程なくして、両者が激突した報告が入る。

いよいよ、戦闘が始まった。

◇◇◇

『第一陣がぶつかりましたな』

「これは……もうすでにこんなに……？」

『ええ……お嬢様、この戦い、決して犠牲なく終わるものではございません。もちろん最低限の犠牲で済むならばそれに越したことはありませんが、この地に残った者たちの思いは皆ひとつなのです』

「じぃや……」

ゴーレム部隊は団長ベリウスのほとんど一刀のもとに斬り伏せられたという。

そこまでは敵の士気を大きく高める動きだ。

だがゴーレムには復帰機構が備え付けられている。このおかげで敵陣の中央で暴れるゴーレムという理想的な状況が出来上がる。

ここでベリウスたちが引き返してでも救援を試みれば狙い通りだったのだが……。

「そう甘くはない、ですね」

前面の団長以下精鋭部隊はそのまま前進。

すでに一隊、アイルの部隊が消失していた。

こうも早くケリを付けられたのはミレオロの渡した魔道具の影響が大きい。

一般的に耐久力に優れるアンデッドに対して、ミレオロは最大効率で相手が消失するだけのエネルギーを算出する魔道具を騎士団に配布していた。

本来は終りが見えない恐怖との戦いになるアンデッド戦において、相手が後どのくらい攻撃すれば倒せるのかが分かるというメリットは非常に大きかった。

さらに……。

「報告にあった砲筒がいくつあるか……」

『数はないにせよ、上位種が一撃となると脅威ですな』

ミレオロが作ったシンプルな砲筒は、対アンデッドにおけるエネルギー同士のぶつかり合いで大きな効果を持っていた。

だが実のところこの魔道具を作るために訪れたエルフの森で敗走した結果もうすでに使い切ったカードではあるのだが、それを知らないアイルにとっては大きな脅威である。

『お互い、数の勝負は捨てるということでしょうな』

「ダークフェンリル、スペクター、リッチで団長クラスを止めましょう」

上位種では相手にならないとすれば出し惜しみをしている場合ではない。

『かしこまりました』

レイスは拠点防御、というよりは固定砲台の役割を備えた最上位魔法系アンデッド。

スペクターとダークフェンリルが相手の足止めをしつつ、固定砲台から攻撃と考えたのだが……。

「レイスが交戦開始っ!?　近くに救援部隊は……」

『ダメです。何体かは諦めなければならないかと……』

「くっ……」

姿の見えない冒険者たちによる攻撃。

アイルの落ち度というよりは、単純な戦力差の問題ではあるものの、序盤で最上位種の損失は痛手だ。

だがそれは相手も同じだった。

『遊撃に動いていたものたちから逆に相手の冒険者たちも戦闘不能に追い込んだ報告もいくつか。遊撃同士のぶつかり合いも互角と言えるでしょう』

「互角……」

ランドたちが見ていれば、善戦と言っていい状況にあるだろう。

だからこそロバートもアイルの采配に注文はなく、むしろうまくやっていると感心していたくらいだ。

だがアイルは……。

「もっと、もっと出来ることがあるはず……」

ロバートとメイドから送られる情報から必死に活路を見出そうとしていた。

アイルにとってこの戦いはランドたちを待つ防衛戦ではない。

ランドたちが帰ってきたときには全てを終わらせておく、そんな心構えで、敵の穴を捜しにいっていた。

十六話　最後の戦い

「罠がないといいけど……」

　アールを飛ばしながらミルムに声をかける。

「準備を整えた相手を迎え撃つのか、準備してるか分からない相手を叩くのか、どちらが良いかでしょうね」

「まあなぁ」

「私なら別に気長に待ってもいいのだけど、貴方たちは早く片をつけないと短い寿命なのにつまらないことを気にかけて生活し続けるものじゃないわ」

「それもそうだな」

「ふふ。眷属になるというのなら、それも良いのだけど」

　ミルムが微笑む。

「眷属か……それ、なったら何が変わるんだ？」

「さぁ……？　言ったでしょ？　私も分からないって」

「そうだったな」

ミレオロとの、そしてメイルとクエラとの関係にケリを付けたら、考えるのも一つの手かもしれない。

「さて、ここまでは何事もなく来れたけど……」

森の奥深く。

誰も好き好んで入り込まない人里を遠く遠く離れたその場所に、ポツンと一つの小屋が立っている。

「ここに……」

「悩んでいても仕方がないのだし、仕掛けたほうがいいんじゃないの？」

「ああ」

アールの上から小屋の様子を探る。

中から感じる生きた人間の数は……。

「数が多い……？」

「数だけは……ね。ほとんど死んでるわよ」

「どういう……なっ!?」

小屋からありえないスピードで何者かがこちらに向かってくる。

「予定通り、貴方は本体に集中するといいわ」

ミルムが【夜の王】で相手を捉えたかと思うと、アールの上から飛び出していった。

「やるしかないか……」

先手を取られた形だが、俺もアールから飛び出して小屋に飛び降りていく。

「アール！　上空で待機してくれ。ミルムの様子には一応気を配りながら！」

『きゅるー！』

可愛らしく応えてそのまま空高く離れていくアールを見送り、今度はレイとエースを喚び出す。

「いくぞ！」

『キュオオオオオオン』

『グモォオオオオオオ』

俺も翼を展開しながら、真っ直ぐ小屋めがけて急降下していった。

――ドゴン

着地と同時に小屋を破壊して飛び込んだのだが……。

「これは……」

「ん……ヤっと……きタ」

「メイル……いや……お前は……!?」

そこにいたのはメイル。

だがその目にあの、狂気じみたオーラを宿らせている。

これではまるで、ミレオロとメイルが合体したかのような……。

「ランドさん！　メイルは！　メイルにミレオロが！」

クエラの叫びで疑問が確信に変わる。

と、同時に……。

「グルゥウウアアアアアアア」

「なんだこれっ⁉」

周囲を埋め尽くすのはグールかと見紛うほどに自我を失った……。

「エルフ……獣人……あれは……冒険者たちか⁈」

中から反応が多かったのはこれが原因か。

「何があった、クエラ」

「ミレオロがメイルに乗り移ったあと、実験室に繋がれていたものたちが動き出し……その後この場所にやってきた冒険者の皆さんも……」

「そんな無差別攻撃なのかっ……⁈」

少なくとも俺には効果がないのが不幸中の幸いか……。

いやとにかく、目の前にいる敵がメイルだけではないことが問題なのだ。

クエラに敵意はないとはいえ、もう信用出来るような相手ではない。

そして何より、いまメイルから目を切るのは非常に危険だと、本能が告げていた。

「レイ、エース、周りの相手を頼む」

二頭は答えるよりも早く周囲から迫っていた敵を叩き潰しに駆け出した。

俺のもとに向かってきていた周囲の冒険者たちは、動き出したレイとエースに吹き飛ばされる。

だがそれでも、一撃で沈むことはなく立ち上がり襲い来る様は……。

「まるでアンデッドだな……」

「違う……生きテる」

趣味の悪い話だった。

生きたまま、操り人形にしたということだ。

だが死者でない相手に俺のスキルは使えず、意識をそちらに持っていくと目の前のメイルがなにか仕掛けてくるのは分かっている。

お互いにらみ合いを続ける形になったが……。

――ドンッ

「あら、随分小さくなったのね」

「……お前ハ……」

「残念。貴方の相手は私じゃないわ」

「ミルム！」

上空で戦っていた相手は地面に叩きつけられた衝撃を受けてなお、抵抗を見せていた。

どんな原理か分からないが一体一体が異常な生命力を持ちながらアンデッドにはなっていないという相手。ミルムだからあしらえているが、一体一体がSランク相当だった。

「随分お客さんが多いようだから来てみたけど……あれ……古代竜の比じゃないわよ」

嚙みつこうと目を血走らせる冒険者だった何かを軽くあしらい、ミルムが俺に耳打ちする。

周囲の敵も相当なものだが、ミルムの言う通り……。

「ああ……メイルはもう……」

「野放しにすれば領地どころじゃない、国が滅ぶわ」

その言葉に改めて気合を入れ直す。

メイルはそれでなくとも天才だった。

あの魔法の才能は、若くして歴代の大賢者のそれと並び立っていったほどだ。

だからこそ、そこにミレオロの狂気が加わった今、目の前の存在が国を脅かすほどの強大な存在であることに何の疑いもない。

「周りの雑魚は引き受けるわ。貴方はあれを……」

「あぁっ！」

手をかざす。

メイルが杖を抜いたが、そのスピードはもはやかつての後衛職だったメイルのそれとは異なっていた。

「早いっ?!」

慌てて【黒の霧】と【夜の王】防御回避に集中したが……。

「ぐっ……」

杖から放たれた魔法が何かは分からなかった。

いや、何かなんてもはや、関係はないのだ。

属性の相性や状態異常の効果なんてものは、とっくに関係ないステータスになっている。

そうなればもうこれは……。

「お互い、アンデッドと戦ってるようなものだな」

「ん……」

魔法攻撃の応酬が始まった。

◇◇◇【アイル視点】

「これは……?!」

善戦を続けていたアイルのもとに凶報が入った。

『申し訳ありません……ここまで見抜けず……』

領地の入り口、そこで騎士団を足止めし、森からの侵入者は逐一戦力を当てることで領内での戦闘は避けてきたのだが、ついに中に侵入を許し、控えていた隊がまるまる一つ消し飛んだという報告が入ったのだ。

「この状況で見つけられなかったならもう、誰のせいでもない……」

『お嬢様……？』

「もうすぐに動ける最上位種はいない。私が出る……！」

この決断を、ロバートは止めなかった。

いや、ロバート自身も、そうせざるを得ないことを感じ取っていたのだ。

領地に侵入した実力者は、ロバートが索敵用に用意し鍛えたものたちをかいくぐり、あるいは倒してここまで来た。

つまり……。

「相手は、Sランク超級……」

これまでのアイルであれば、戦おうなどとはまず思わなかっただろう。

アイルの実力はすでに本人でも気づかずにSランク超級の域に達しつつある。

だがアイルにその自覚があったとしてもなお、過去のアイルならば挑もうとは思わなかったはずだ。

いや、アイルだけではない。普通の人間は、勝てるか勝てないか分からない相手に積極的には挑まない。

だが今は、だからといってアイルが逃げれば、領地は壊滅する。

ランドたちならもう一度持ち直すとしても……。

「私が……やる……！」

アイルは立ち向かうことを選んだ。

その選択が愚かな選択であれば、ロバートは許しはしなかっただろう。

つまり……。

「この状況を打開出来るとしたら、人間の私だけだから」

『そうでございましょう』

アイルの選択は、今取れる選択肢の中でも最も勇気を要する、だが場合によっては、最も効果的な一手になりうるものだった。

セラが作った装備を身にまとい、ロバートに本陣指揮を預け、アイルが戦場に出た。

◇◇◇

「なんのつもりだ……？」

「んー？　どうにもきな臭いと思ってね、今回の依頼が」

「俺の質問に答えろ！」

旧アルバル領生活区域。

アイルが目指すこの場所にいた二人の冒険者が、口論を繰り広げていた。

「いやぁ、だってほら、どう見てもあれ、倒さないといけない相手に見えなくてねぇ」

「それが仕事だろう」

「私はそこまで、ギルドの犬に成り下がったつもりはないからねぇ」

「俺を犬と言ったか……？」

進軍してきたはずの冒険者の一方が、ここに来て反転し、あろうことか武器を構えたのだ。

「お前はすでに殺しただろう。この地のアンデッドを！」

Sランク冒険者。

その中でも抜きん出た実力を持つ二人だった。

金色の大槌、グローディア。

ドワーフらしい低身長で毛むくじゃらながら、横幅は常人の数倍という不思議な見た目の男。

自ら打った黄金の槌と全身鎧に身を包んでおり、その特徴的な外見から大陸でも有名な冒険者だった。

もちろん、単独でSランクに認定されており、活動歴も長いベテラン。実力も際立ったものがある。

「降り注ぐ火の粉を払っただけなのと、目の前に生活する相手を攻撃するんじゃあ話が違うでしょ？」

対する女冒険者は、対象的にすらっとした長身。

そして単独Sランク認定もまだ最近の若い人間……。

「ならばどうするというのだ！　暴風の小娘よ」

暴風のルミナス。

かつてランドにSランク認定を出したあの冒険者だった。

「おっ、ちょうどいいところに来たよ。やっぱり生きた人間、いるじゃない」

「なに……？」

二人の視線が、現れた人間……アイルに集中した。

「……っ」

アイルは思わず絶句する。

目の前に現れた人間はまさに、アイルが最も警戒したSランク超級の存在だったからだ。

暴風のルミナス。

金色の大槌グローディア。

どちらも大陸に名を轟かせる大英雄。

ほかのSランクとは別格の、それこそミルムやランドクラスの大物と、アイルは捉えていた。

「聞きたいことがあるんだよね。お嬢ちゃん」

ルミナスから声をかけられ、アイルは固まる。

ここで返答を間違えれば、自分が死ぬだけでは済まないということがひしひしと伝わってくるからだ。

もちろんもう、姿を見せた時点で逃げることも不可能だ。

「――っ⁉」

――カキン

「へぇ、止めるのか……すごいじゃない」

アイルがなにか動くより早く、ルミナスが斬りかかってきた。

アイルはなんとか剣を出してそれを止めたが……。

「寸……止め……？」

「それも分かるのか……なんだ。只者（ただもの）じゃないねー」

ルミナスの警戒心があがり、アイルは選択を間違えたかと冷や汗を垂らす。

だがこれはルミナスなりとテストだった。ここでアイルが喋る権利を得るためには、必要な儀式とも言えた。

そしてアイルが認められたことで……。

――ブォン

風が吹きすさび、辺り一面に竜巻が発生する。

「なにを……」

「お嬢ちゃんはこの地の人間、それは合ってるよね？」

「そう……ですが……」

「よーし。なら一つだけ質問する。よーく考えて答えな」

ルミナスから放たれるオーラは、アイルが一瞬でも気を抜けば意識を手放しかねないほどのものだ。

これはルミナスからの警告でもある。

返答に嘘があれば、周囲の竜巻がアイルの身体を鎧ごとバラバラにするという……そんなビジョンさえアイルの頭に浮かばせるほどの圧だった。

そして……。

「ここは、いいところかい？」

ルミナスの問いかけはシンプルだった。

アイルもこの問いかけなら、迷うことはない。

「間違いなく」

嘘は一つもなかった。

その答えを聞いたルミナスの周囲から、あの圧と竜巻がまたたく間に収まった。

「そうかい。聞いたかい？　グローディア。私はこっちにつくことにした」

「なっ?!　馬鹿なことをいうな！　これは王都ギルド、ギルドマスターカイエン直々の命令だぞ！」

「だからさ……カイエンは私にこう言った。この地に生きた人間なんていない、ってね」

「それは……」

ルミナスの周囲に再び風が吹き荒れる。

「私はね、嘘が嫌いなのさ」

「そうか……だが俺はな、一度受けた仕事を放り投げるのが、死ぬよりも嫌いなんだよ！」

その言葉を引き金に、大陸に名を馳せる二人がぶつかり合う。

「ぐっ……衝撃波だけで……!?」

アイルはその場に留まるだけでギリギリだった。

だがそれでも……。

「敵に回ってたと思うと……ゾッとする……」

ロバートが近くにいたなら、ここに出てきたアイルを、そしてルミナスが認めるだけの実力を持ち、気を保って答えたその姿を、褒めちぎったことだろう。

◇◇◇【クエラ視点】

「化け物……」

思わずクエラの口をついて出たのは、そんな言葉だった。

思えば、とクエラは振り返る。

ロイグは最後、文字通り化け物としての死を遂げた。

最上位アンデッドモンスター、デュラハン。

人として普通に生きていれば、まず出会うこともないような相手だ。そんな存在に成り下がり、死んでいったかつての仲間を、クエラは哀れに思っていた。

そして目の前のメイルは、怪物ミレオロがその身に巣食ったことでもはやSランクの魔物が可愛らしく見えるほどのオーラをまとう。身体能力、魔力、思考……どれをとってももう、あの頃のメイルとは大きく異なる、化け物にと成り果てている。

そしてそれを正面から相手どれるランドもまた、クエラからすれば化け物に他ならなかった。

「うっ……」

クエラが目の前の光景に吐き気を催す。

パーティーメンバーの辿った道は地獄だった。

ランドさえいればと、そう思っていた幻想すら、目の前の光景に打ち砕かれていくような気持ちになる。

「ランドさんだけはと……思っていたけど……」

ランドもまた、彼女からすれば救われた命ではなかったのだ。

化け物としての生を受け続けることはもはや、彼女にとって救いではない。

自分もそうなってしまうと、そう感じ取った瞬間……。

「おえっ……」

クエラの何かが耐えきれずに溢れ出した。

それは物理的なものではなく、精神的なものだった。

こうなって思うのは、唯一、人のまま死ねたフェイドのこと。

フェイドもまた、狂気に取り憑かれていたと、クエラは思う。

だがそれでも、死がフェイドを救ったと、そうクエラは考えていた。

そう考えられる、最期だった。

だからこそ、メイルの、そしてミレオロの選んだこの選択だけは、看過出来ないものだった。

「あああああああああああ」

声にならない叫びを上げながら、人外の化け物たちが繰り広げる戦場に飛び込んでいく。

理由は一つ……。

「フェイド……さん……かはっ……」

メイルとミレオロは、実験室に転がしていたフェイドの死体を、ランドにぶつけようとしたのだ。

その腕にはもうあの神剣はない。

いや、そもそも力も無ければ、技術もない。

ただの屍（しかばね）の、ただの剣による突き。

今のランドなら食らったところで何一つ影響のない、そんな攻撃を……。

「がっ……」

「クエラっ?!」

クエラは生身の身体で受け止めた。

「ふふ……私はこれで、許されるでしょうか？」

「何を……」

戸惑うランドを前に、血を流しながらクエラは微笑む。

「私は、ランドさん……あなたにずっと、謝りたかったのです。謝って、許されて、いえ……願うことならずっと、罪滅ぼしに身を捧げたいと、そう、思っていました」

その言葉に、本人の意図した偽りなどはないのだ。

だがクエラという人間は常に、上辺の綺麗事で自分を塗り固め、何かを犠牲にすることなく、ただ目の前の旨味だけを享受し続けてきた。

本人に悪意はない。

ただそこにあるのはいつも、独りよがりな思いだけだった。

「でも……これで……」

ようやく楽になれると、クエラは考えていた。

ああきっとこれで、誰もが自分を認めてくれる。

もう何かと戦わなくていい。

もう自分は、化け物になることに怯えずに済むと、そんな思いが、クエラの中に満たされていった。

「これで……おしまい……」

そう、何もかもを投げ出した聖女候補を……。

「【ネクロマンス】」

「えっ……』

かつての仲間は許さなかった。

その言葉を言い終える前に、クエラは人間から死を経て、ゴーストになっていた。

『どう……して……』

彼女が最も望まなかった化け物としての生をいま、受けてしまったのだった。

『いやぁあああああああああ』

クエラの悲痛な叫びは、しかし生身の身体からはもう、発せられることはなかった。

◇◇◇

「フェイド……」

「ん……やっぱり、中身が抜けテちゃ、役に立タない」

メイルの口調で、でもミレオロの狂気を乗せて、そんな言葉が発せられる。

魔法の応酬のさなか、突如投入された伏兵は、ほとんど何の意味も持たないままに、かつての仲間の命を一つ奪っていた。

罪滅ぼしに身を捧げたい、そう言ったから願いを叶えたつもりだったが、その言葉もクエラにとっては上辺だけのものだったらしい。

クエラは自らの骸に縋りついている。

「メイルはもう、フェイドにもクエラにも、何の興味もないか」

「ん……続きヲ、スる」

「そうか……いや、もう必要ない」

ミルムとレイとエースが、周囲の相手を片付けてくれた。

もう誰がどう見ても、あの相手は俺たちが救える命じゃなかったから……。

「【ネクロマンス】」

──ゴーストのネクロマンスに成功しました
──グールのネクロマンスに成功しました
──スケルトンのネクロマンスに成功しました
──レイスのネクロマンスに成功しました
──レヴァナントのネクロマンスに成功しました
──ゴーストのネクロマンスに……

ミルムたちがやってくれた相手以外にも、周囲に感じた死の気配にスキルを発動していた。

狙い通り、ここにはミレオロがもたらした死が蔓延(まんえん)していたのだ。

無数の死が俺に力を与える。

「今更、ソの程度で何も変わラない」

「そうとも限らないぞ。メイルのおかげで一つ、思い出せたからな」

フェイドの骸が動いたことは、相手にとっては意味のない奇襲に過ぎなかったかもしれない。

だが俺にとっては、大きな意味をもたらしていた。


――エクストラスキル【特級剣術】がユニークスキル【勇者の剣術】に進化しました

得られた力をもとに、目の前に現れた『勇者』の姿を見た結果、能力が開花した。特級剣術はかつて、フェイドの能力を吸収したことで得られたスキルだった。

別に俺は魔法が得意なわけではない。

魔法を扱えば大陸でも最高峰のメイルを相手に魔法の応酬に答えていたのは、俺のユニークスキルに物理攻撃がなかったからだ。

「えっ……？」

メイルの一瞬の呼吸の間を縫うように、俺の剣はメイルの小さな身体を貫いた。

魔法の応酬の時点でもう、分かっていたのだ。

メイルの力は異常だった。

それを支える身体はもう、限界を迎えていたのだ。

「もう、休め」

メイルが一瞬、あの頃のような柔らかい表情を見せて、目を閉じようとしたところで……。

「まダだよ。まダだよぉおおおおおメイル！　まだ出来ることガあるだロう?!」

「ミレ……オロ……」

メイルの身体は限界が近い。

だが身体を捨てているミレオロはその影響を受けないのか、霊体となって叫びだす。

本当に……何者なんだ？

同じ人間だと思っていたがもう、この姿を見ればそれが間違っていたと思わざるを得ない。

今のミレオロは生霊としてメイルに語りかけている。だがそんな、自我を保ってそんなことが出来る人間を、俺は知らない。

「まだナんとか出来るダろう?!　この実験室の仕掛け、メイルならラ分かるはずダろ!?　そレにあの男に命乞いすれば……！　そウだ！　まだなんとカなるじゃぁないカ！」

「ん……もう、いい」

「メイル!?」

必死に食い下がるミレオロに、メイルが目を閉じて答えることを辞める。

「メイル！　諦めるんじゃなイよ！　マだ……！」

「もう、いい……母さん」

「えっ……？」

目を閉じていたメイルが、静かに、優しくそう告げた。

「知って、いたのカい」

「ん……」

「そう……カい……」

ミレオロの霊体が、キラキラと風に流されていく。

抵抗するように、いや、メイルの骸を守るようにして、ミレオロの霊体はメイルに近づいていって……そして、消えた。


「【ネクロマンス】」

——ミレオロの能力を吸収しました
——ユニークスキル【イレギュラー】を取得しました
——メイルの能力を吸収しました
——ユニークスキル【賢者】を取得しました
——ステータスが大幅に上昇しました
——使い魔のステータスが大幅に上昇しました
——ミレオロは完全に消滅しました

『え……？』

ミレオロはあまりに危険すぎるし、そもそももう、この地に残る意思が全くなくなっていた。

対してメイルは……。

「フェイドが命がけで守ったんだ。命は助けてやれなかったけど、迷惑をかけない範囲で生きていけばいい」

『……………ん』

「まあまずは、クエラと一緒に罪滅ぼしをしてくれ」

ネクロマンスは契約だ。

二人が、特にクエラが自暴自棄になってなにかしてくるようなら、その身は維持出来なくなるだろう。

「……ふぅ」

「これで片がついたのね」

「ああ……」

流石に魔力を消耗しすぎた俺に肩を貸すようにミルムが支えてくれる。

それをレイとエースも心配そうに見守ってくれた。

「帰りましょうか」

「そうだな」

アールに合図を送る。

嬉しそうに飛んできたアールを撫でながら、俺たちは領地に戻っていった。

◇◇◇

「見えてきたわね」

「ああ……って、あれ、まずくないか!?」

アールに乗って領地に戻ってくると、明らかに桁違いのパワーでぶつかる二人の冒険者を見つける。

しかし……。

「増援は期待出来ないって言ってたけど、味方か……？」

「ロバートあたりが戦ってたりして」

「現実味はあるけど……」

「まあいいわ。あっちは私が行ってあげる」

【夜の王】を発動したミルムが影になって消えていった。

「あっちは、ってことは……」

俺は領地の入り口にあたる森で小競り合いを続ける騎士団を見下ろしながらそちらに向かっていった。

◇◇◇

「我々の負けか」

騎士団の対応は非常にあっさりしたものだった。

ゴーレムとの戦闘指揮に立っていた団長ベリウスは俺が地上に降りるとあっさり剣を収め、部下にも戦闘停止の命令を出した。

「そうだな」

俺もゴーレムの動きを止める。

「なっ……何者なんだ……」

「ゴーレムが、こんなにあっさり……？」

セラのおかげで仕組みが複雑になっていたが、答えを知っていたし、上から見てたからな。

それまで苦戦していたゴーレムがあっさり倒されたことに驚く騎士団員たちを尻目に、ベリウスに声をかける。

「にしても……騎士団はもともと攻めてくる気があまりなかったように思えるな」

「さて……私は攻め入る気があったのだが、副団長が言うことを聞かぬもんでな……」

ベリウスが笑う。

入れ替わりで副団長、ガルムが現れた。

「ランド殿……この度は……」

「いや、その当たりはあとでまとめればいい。まずは怪我人の治療が必要だろう。隊をまとめておいてくれ」

「はっ……」

ベリウスもガルムも、おそらく考えは一致していたのだろう。

この戦いは、俺とミレオロの勝敗によって決まると。

仮にベリウスが本気で侵攻してこの地を滅ぼしたとしても、俺とミルムがミレオロを倒して戻ってくれば何の意味もないことを理解していた。

だからこそ、ここで小競り合い程度のやり合いに乗ったんだろう。

まあもちろん、小競り合いになるだけの戦力を適時投入して対応したアイルの指揮も良かったんだろうけど。

ミルムの向かった先も戦闘が終わっていたし、これでひとまず、落ち着いても許されそうだった。

というかあれ、ミルムが無理やり二人とも相手取ったんじゃないか……？　空を覆い尽くす【夜の王】はおそらく、Sランク超級の二人をそのまま飲み込んでいる。

「ほんとに……敵わないな」

ミルムには助けられっぱなしだ。

あの戦いを俺が止められたかといえば、ちょっと自信がないからな。

◇◇◇

「大丈夫なんだろうな!?　カイエン殿」

「ええ……ギルドから送り出した戦力は万全です」

カイエンの言葉に偽りはない。

出来る限りのことはやったと言える。

Sランクは急増を含めて十組。

中でも二組は、個人で戦略兵器とされるSランク超級のレジェンドを送り込んでいる。

「そうか……いいな?　なにかあれば騎士団に罪をかぶってもらう」

「ええ。それはもちろん」

ぶつぶつそう言いながらうろたえるリットルに、かつての面影はもうない。

その姿を見て、カイエンも自分の行末を悟りつつあった。

順風満帆だったはずの出世街道の行き着く先がこんなところになるとは、現役時代には二人とも思っていなかった。
当然ながら二人の罪は騎士団にかぶせられるほど小さいものではなかった。

十七話　後日談

戦後処理は非常にスムーズだった。

セシルム卿の働きかけと、かねてよりこちらに付いてくれていた財務卿の動きが非常に迅速だったからだ。

まず軍務卿リットトル。

ミレオロと共謀してギルド、騎士団の失態を揉み消し、被害者であったはずのランドを亡き者にしようとした罪を、ほとんど一人でかぶる形になった。

失脚どころか下手をすれば処刑まで視野に入れられているという。

王都ギルドマスターカイエン。

ギルド員を虚偽のクエストに挑ませ、上位パーティーが五つ、ミレオロによって亡き者にされている。

もはや言い逃れ出来ない罪人だった。

王都騎士団は団長ベリウスが責任を取り辞任。

そのまま自死しそうなところを副団長のガルムが止めたと聞いている。

そして魔術協会、会長ミレオロ。

もはや死人になにも出来ることはないが、根本から魔術協会のあり方を見直すことになる。

事実上の解体が決まっていた。

フェイドを始めとした元Sランクパーティーについては、ランドを除く全員が死亡した。

これを受けて管轄のギルドマスターギレンは責任を追求されそうになったものの、セシルム卿と財務卿の根回しによりむしろ、大躍進を遂げることになる。

「総司令になるとはな……」

「運がいいんだが悪いんだか分かんねぇけどな」

館にやってきてエールをあおるギレン。

祝勝会という名のもと集まったはいいが、もうすっかり出来上がっていた。

「要らぬ罪に問われる可能性もあったんだ。大出世したことを喜んでおいたら良いんじゃないのか？」

「俺は別に辺境のギルドマスターで十分満足だったんだよ。何だ総司令って……」

まあ気持ちは分からないでもないな……。

王都ギルドマスターの信用が失墜したことで、その役割はそのままに、名前だけが変わったのだ。

王国内の全ギルドの責任を背負うことになるギレンはまぁ、胃が痛い部分もあるだろう。

「まぁまぁ、適任がいなかったんだ。引退したいなら後任を早く育てるべきだねぇ」

「セシルム卿……ああ、そうですね」

二人がこちらを見る。

「勘弁してくれ……」

この領地ですら持て余すというのに……。

「セシルム卿も中央で役職についたらしいけど」

「ああ、軍務卿のポストをそのままあてがわれたよ」

「領地はどうするんだ……？」

「それなんだけどねぇ。ちょっと相談があるんだ」

嫌な予感しかしない……。

考える暇も与えず、セシルム卿はこう続ける。

「どうだい？　うちの娘はまだ幼いんだが……」

「せめてもう少し成長してからにしてくれ……」

「ははは。まあこの件はあとでじっくり話すとして……」

どこまで本気か分からないセシルム卿が上機嫌にこう続けた。

「私は軍務卿と一緒に王都騎士団も預からないといけなくなってねぇ……一度解体することにはしてるんだけど、立て直しにはある程度インパクトが欲しくてねぇ」

「インパクト……」

「そう。これまでの騎士団とガラリと変わったと言えるような……」

「アイルにやってもらうか？」

「えっ?!」

隣で聞いていたアイルが突然の振りに飲み物を吹き出しかける。

「どうして……」

「いや、ロバートに聞いたけどどうまくやってたみたいだし」

「それとこれとは……」

「あら、いいじゃない。私もこの子の実力は保証するよ」

「ルミナス……」

暴風のルミナス。

ミルムが止めたSランク超級の冒険者の一人だった。もう一人、ドワーフのグローディアは豪快に向こうで酒を飲んでいるが、ルミナスもそこそこに酔っ払っていた。

「にしても、あのとき私が認定を出した新人Sランクくんが、まさかこんなに大出世してるなんてねぇ」

ルミナスはグローディアとのぶつかり合いでこそ優勢だったらしいが、そのあと現れたミルムに手も足も出ずに拘束されたことで何故か俺を評価している。

「あんな強い子と組んでるなんて……見れば分かるよ、君ももう、私より強いね」

「それは……」

真実はどうか分からない。

だがあのとき俺が全然追いつけないと思った存在に、そう言ってもらえたのは素直に嬉しかった。

「ちなみに私はそっちの子にもやられちゃったしねぇ」

「私ですかっ!?　あれはただ剣を受け止めただけで……」

突然話を振られてあたふたするアイルを見て、ようやく終わった実感が得られた気がする。

話題が切り替わったタイミングで俺は外の風に当たると言って、俺は館を出て夜のアンデッドタウンに繰り出した。

◇◇◇

「あら、もうお酒はいいの？」

ミルムが月夜に照らされ。幻想的な姿が映し出されていた。

思わず言葉を失ったくらいだ。

「……どうしたのよ？」

心配そうにミルムが近づいてくる。

「いや……終わったなと、思ってな」

「そうね……」

ミルムと出会ったのは、パーティーを抜けてすぐのことだった。

つい最近のようにも、随分前のようにも感じる不思議な気持ちだった。

「これからどうするのかしら？　貴方といると退屈しなくて、私は幸せよ」

そう言って笑うミルム。

月夜に照らされた笑顔が揺らめく。

ここまでは俺がパーティーとケジメをつけるために必要な時間だった。だがここからは、本格的に自由になる。

領地はすでにロバートに任せきりに出来る状況だ。

ここから人を入れてもこのままアンデッドタウンとしてしばらく過ごしても、どうとでもなる。

「パーティーとのことにケリを付けられたら、ずっと考えてたことがあってな」

「へぇ。どんなことかしら？」

「ミルムの家族を、見つけに行こうかと思ってな」

目を見開いてミルムがこちらを見ていた。

「い、いいわよ……途方もなさすぎる話だし、貴方の寿命は短いのだから」

「だから、俺も不死になろうと思ってな」

「えっ……？」

全てが終わって分かったことがある。

フェイドとともに旅立って、フェイドに残された形になった俺は、あんな関係だったにもかかわらず、寂しいなんて感情を持ってしまっていた。

ミルムがこの先これを何度味わうかと考えたとき、俺が生きているうちにミルムの同族を捜し出すことは、大きな意味を持つ話だと思う。

「まあ、俺がいなくても家族が見つかったならそれでもいいけど……そうじゃなかったときのためにな」

「……ふふ。そう。なら、家族が見つけられなかったときは、付き合ってもらおうかしら」

「ああ」

「永くなるわよ？」

「そうだろうな。いつまでも付き合うさ」

「そう……」

それっきりミルムは、月のほうを見て俺と目を合わせるのをやめた。

エピローグ

辺境のアンデッドタウンには、似つかわしくない手入れの行き届いた教会が存在する。

その教会の裏には、ついにその名を轟かせることなく死んだ勇者の墓があった。

「行ってくる」

『あ、ランドさん……』

クエラのゴーストがふわふわと飛んできていた。

『いよいよ出られるんですね』

「ああ」

『いってらっしゃいませ。お二人にもはや言う必要などありませんが、お気をつけて』

ミレオロとの戦闘からしばらく経ち、ようやく俺とミルムが出発出来ることになった。

アイルは王都、辺境伯家、そしてこの地のアンデッドの三騎士団を束ねる騎士団長として結果を出していた。

その裏にはロバートやセシルム卿の支えも当然あるが、それを抜きにしても立派なものだ。

ぼやき続けているギレンと比べるとなおさらだな……。いや、ギレンもまぁ、王都ギルドを立て直しながら魔術協会の解体と再組織化の動きまで担わされたのだから、文句も言いたくなるのは分からなくもないんだけど……。

魔術協会の再組織化はミッドガルド商会も大きく関わることになっているらしい。

すでにセラの工房を中心に半分くらい本社機能をこの領地に移すほど、ミッドガルド商会はすっかりこの地を気に入ってくれている。隠れ家みたいな状態だな。

セシルム卿は軍務卿としてこれらの動きを支えながら、国の中枢としてその政治力を大いに振っている。

そして……。

「クエラ、俺がいなくなればしばらく何も聞けなくなるけど、どうする？」

クエラは教会を軸に動くファントムになっていた。

最初こそアンデッドとして生きていくことにかなりのショックを受けていたクエラだが、この地で暮らしているうちに徐々に落ち着きを持って、今ではこの教会と墓場の管理者として住民のアンデッドたちとも良好な関係を気づいている。

もともとこの地にいるアンデッドたちは皆、死人でありながら家族も失った取り残された人々でもあったのだ。

神官のいる教会が墓場を管理することを、住人たちは大いに喜んでくれていた。

アンデッドの神官というのもなかなかすごい話だがまぁ、いまのクエラは生き生きして見えていた。これも変な話だがな。

『罪滅ぼしと呼ぶにはあまりに短すぎるでしょう。それにもう、罪滅ぼしという感覚でもなくなってきてしまっていますし……死してなお神官として頼っていただけることが、こんなにも幸せなことだとは思っていませんでした』

「そうか」

『はい。嫌になったとしても私の起こしたことに比べれば些細なことですから』

随分と、クエラの印象が変わったと思う。

そしてそれはメイルも同じだった。

◇◇◇

『ん……』

『すごい……』

『そっちも……』

「いつ来ても不思議な光景だな……」

『『あ、ランド……』』

セラとメイルの相性は抜群に良く、二人とも似たような考えて昼夜を問わず何かを作ったり研究したりしている。

メイルの魔法理論がセラの作る装備品の質を向上させ、セラの作る魔道具がメイルの理論を形にしていく。

生きているときよりも生き生きとしている、という状況は二人にこそぴったりな状況だった。

『これ……持っていくといい』

『ん……』

二人から差し出されたのは……。

「ネックレス？」

『鎖一つ一つに魔法陣を入れた』

『中身は……色々……あとはこれ』

「これは……」

俺に渡したものと同じ、だがサイズが少し小さい……。

「ミルムか」

『ん……』

メイルの最大の変化は、これまで他人に興味がなかったところが、セラとの出会いをきっかけにこうして他者のことを考えるようになったことだった。

『あと……これも……』

『これも……』

『これも……』

「おい待て、レイたちの分もあるのはありがたいけど持ちきれないから！　順番に渡してくれ」

『『ん……』』

見た目の幼さも相まって手のかかる子どものようだったが、まぁ、悪くない光景だろう。

二人に見送られて工房を出ると……。

『キュオオオオン』

『グモォオオオオ』

『きゅるー！』

レイ、エース、アールが待ち遠しそうに鳴いて俺を呼ぶ。

その隣には……。

「ベリモラス」

『寿命を伸ばすと聞いてな。であれば多少、付き合うのも一興かと思ったのでな』

「ああ、なるほど」

神竜にしてみれば、俺の寿命なんて一瞬だったわけだ。

だからこそ一箇所にとどまらず、慌ただしく世界を駆け巡っていたわけだが……。

「そういうことなら、よろしく頼む」

『その前に死なれては敵わんからな。はよう不死になれば良い』

「そうだな……」

ミルムと目が合う。

どうにもタイミングをはかれず、まだ俺は人間のままだった。

不死化は一瞬らしいが、ミルムが妙に照れるので何かやりづらい手順があるのだろうと考えていた。

「ああ、ベリモラス」

『ん……？』

そういえば、随分時間が経ってしまったが気になっていたことがあったんだった。

「ミレオロに与えた呪いって、何だったんだ？」

結局あの日、場所を特定することにしか生かすことが出来なかったベリモラスのサポートを改めて確認した。

『あぁ……些細（ささい）なものだ。あの女が自らかけていた魔法を全て、壊していくだけのな』

「そんなことが出来たのか……」

『人間の割に異常な、もはや人の身で耐えられる許容量は大きく超えたバフをかけておった。自らの記憶すら犠牲にしておったからな』

「記憶……」

『何のために自分が魔法を重ねてきたかなど、最期の瞬間まで思い出せたかも怪しい』

最期の瞬間……。

ああ、そうか。

「思い出してたんじゃないかな、しっかり」

『そうか。ならば少しは、役に立ったかもしれんな』

おそらくミレオロが最期に思い出したことは、メイルのことだったんだろう。

メイルのもとに向かったあの光が、ミレオロの最期だったから。

◇◇◇

「さて、それじゃあ行くか」

「ええ。長い旅になるわよ」

「時間はいくらでもある、だろ？」

「そうね」

ミルムと笑い合う。

ヴァンパイアの生き残りを捜すなんて途方も無い旅。

フェイドと故郷を出た頃を少しだけ思い出して、皆を見た。

あの頃からずっと俺を支えてくれる相棒レイ。精霊になってより、頼もしくなった。

妙な縁で力になってくれたエース。ある意味俺をパーティーから解き放った存在だ。

いつだって可愛らしく俺たちを運ぶアール。死骸がセシルム卿の頭を悩ませていたのがもう随分昔のことに感じる。

神竜ベリモラス。とんでもない相手だが、こんな付き合い方もあるというネクロマンサーの新たな可能性を教えてくれた。

そして……。

手を差し伸べるミルム。

「行きましょ」

最初は死を覚悟する相手だった。レイとエースがまるで歯が立たない相手なんて、考えもしていなかった。

そんな恐ろしい姿を見せてくれた後は、ミルムは本当にいろんな表情を見せてくれた。

頼もしいときもあれば、お菓子に目がない一面など、ほんとに色々だ。

「ああ、行こうか」

そして今は、手を取り合って支えあえる、そんな存在になった。

今の姿と、かつての姿はみなまるで違う。

フェイドたちとの出発とは、ちょっと違う新たな旅路。この先の旅路がどこに続くかはまだ分からないが、俺たちはいつまでも歩き続けるだろう。

生死を超えて共に歩む存在なんて、他では出会えない、貴重な相手のはずだから……。

あとがき

三巻までお付き合いいただきありがとうございました！
すかいふぁーむです。

さて、まずはこうして無事完結までたどり着けたのは皆さんのおかげです。本当にありがとうございました。書籍でいえばまだ三巻なので少し早い気もするのですが、書きたい物語は一区切りついたので完結という形を取らせていただきました。

ランドたちの冒険はこれで一旦一区切りとなりますが、入れ替わるようにしてコミック版が開始します！　原作者としても書籍が終わっているので漫画ならではの面白さが提供出来ればと思っております。

本作は私にとって書籍化が決定した二つ目の作品でした。発売はこの本が一番早かったのでデビュー作にもなっています。

せっかくなので当時どんなことを考えながら書き始めたか、振り返ってみたいと思います。

この作品を構想していた時期は、他作品で書籍化が決まり憧れの書籍化作家へと一歩踏み出したと同時に、「なんとか二作目も当てたい……！」と必死に投稿サイトのランキングを見て分析をしていたタイミングでした。


元々生き物好きが高じて一部屋飼育部屋を作るほどだった私は、創作でもずっと「テイマーもの」を書き続けていました。そんな中で、「死んでも一緒にいられたら」というコンセプトで出来たのがスタートだったと思います。


自分の書きたいコンセプトと同時に、読者の皆さんにどうしたら読んでもらえるか、楽しんでもらえるか、みたいなものを真剣に考え始めたのも、本作だった気がします。

「ステータスが見えて、経験値を溜めれば確実にレベルが上がるような、そんな先行きの安心感と希望が得られる作品が喜ばれる！」

当時ランキング作品を見ながら考えていたのはこんなことでした。

なので本作は『成長性』の部分で、相手を殺せば力が手に入る、というわかりやすさを強調しました。

ただ書いてみると、そう単純ではないなという部分も結構ありました。

実際本作の主人公、ランドは無数のスキルを手に入れてどんどん強くなっていっていますが、そのほとんどは自分が殺した相手から奪ったものではなく、すでに死んでいたアンデッドたちからもらったものです。

当初の予定とは全く違っていて、主人公ランドも自分がどうなっていくのか、先行きなんて見えていない状態になっていました。先行きの明るさをテーマに始めたものの、結局どうあっても生きてれば迷うんだな、みたいなことを考えさせられた気がします。


自分のことも、振り返っていいところだけ抜き出せば、それなりに良かった人生になりますし、悪かったところに焦点を当てれば当然そうなるなぁと。

そんなことを登場人物たちから学ばせてもらいながら、三巻分、自分も一緒に冒険をしていたような作品でした。

ここからは漫画で彼らの話が見られるので私としても楽しみにしながら、場合によっては書籍で描かれなかったような部分も含めて、もう一度彼らと一緒に冒険出来ればいいなと思っています。

最後になりましたが、日向あずり先生、毎回素敵なイラストをありがとうございました。仕事をご一緒させていただく前から先生の描く女の子たちはドンピシャどストライクで大好きだったので、毎度キャラデザが上がってくる度興奮しておりました。
また担当編集さんをはじめ非常に多くの方にお世話になりました。デビュー作ということもあり、これほど多くの方々に関わっていただいたのかと気付くたびに恐縮しきりでした。
世に出る前、また世に出たあとも、多くの方々のお力があってこうして本書をお届け出来ていることに深く感謝しております。

そして本書をお手にとっていただき、ここまでお付き合いいただいた皆様、本当にありがとうございました。
漫画版でもご一緒出来れば幸いです。引き続き彼らの物語をぜひ、見守ってください。

そうだ。前回募集したカメの名前は「かめち」になりました。おかげさまで爬虫類部屋は今日も三十度に維持され、ヘビとカメが元気にして暮らしています。

そんなこんなで、一旦ここでお別れとなってしまいますが、引き続き我が家のペットたち共々、末永くよろしくお願い出来ますと幸いです。
またどこかでお会いしましょう！

すかいふぁーむ

イラストレーターの日向あずりです。

今回は一巻ぶりにあとがきを書かせてもらいました。

というわけでまずは個人的に気に入っていたフェイドです。

三巻では直接的な出番はなかったですが、こういう人間臭いキャラに結構弱いです。個人的な好みです。

続いてアイル。最初は堅物なキャラかと思ってましたが、
お茶目な面がどんどん見れて可愛かったですね！
そんな感じで今回はこんなところで。
またお会いしましょう！

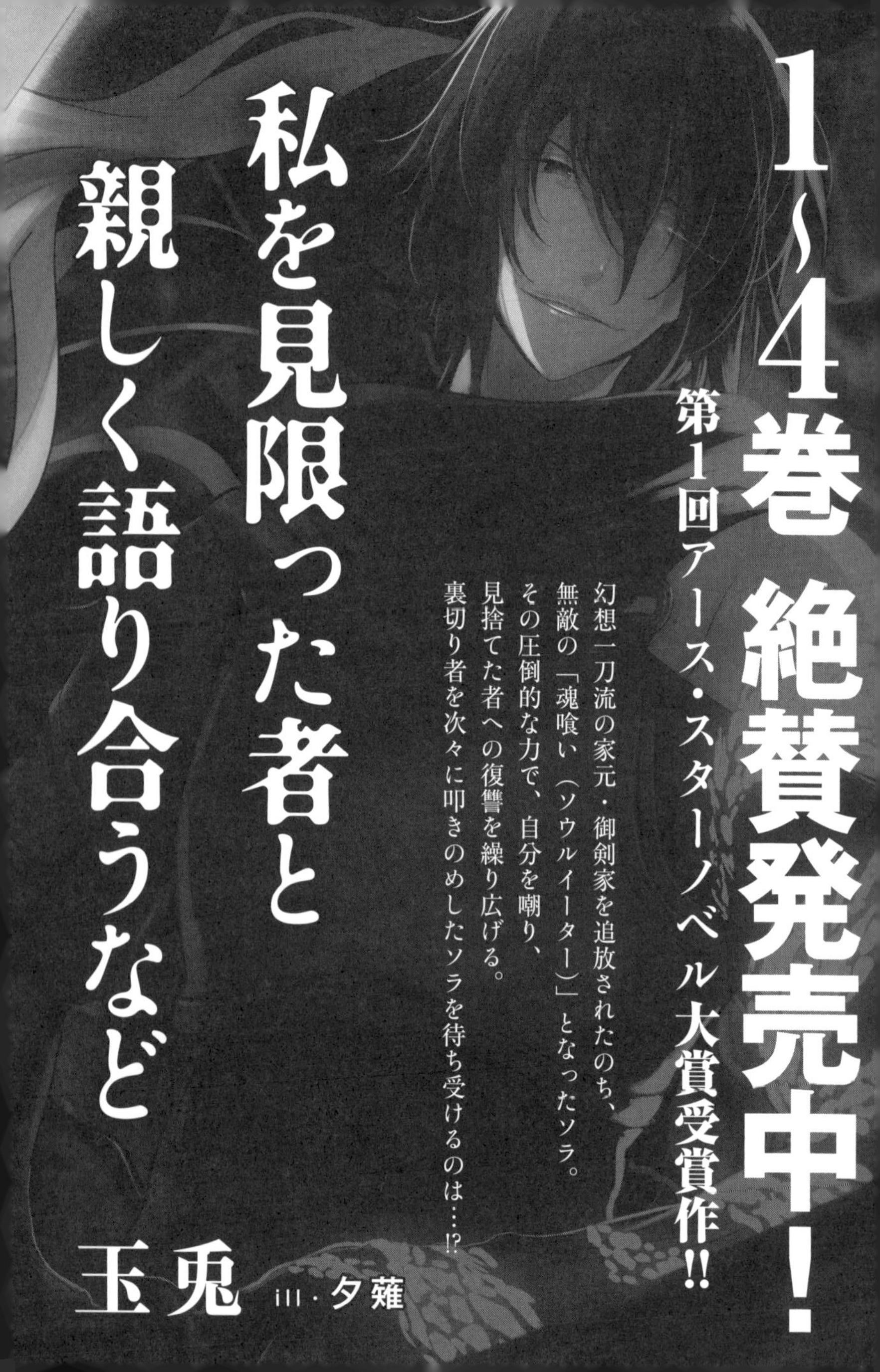
1～4巻絶賛発売中！
第1回アース・スターノベル大賞受賞作!!
幻想一刀流の家元・御剣家を追放されたのち、
無敵の「魂喰い（ソウルイーター）」となったソラ。
その圧倒的な力で、自分を嘲り、
見捨てた者への復讐を繰り広げる。
裏切り者を次々に叩きのめしたソラを待ち受けるのは…!?
私を見限った者と
親しく語り合うなど
玉兎
ill・夕薙

EARTH STAR NOVEL
虫唾が走る！
反逆のソウルイーター
～弱者は不要といわれて剣聖（父）に追放されました～
The revenge of the Soul Eater.

追放されたお荷物テイマー、世界唯一のネクロマンサーに覚醒する ～ありあまるその力で自由を謳歌していたらいつの間にか最強に～ 3

発行 ―――― 2021年3月15日 初版第1刷発行

著者 ―――― すかいふぁーむ

イラストレーター ―― 日向あずり

装丁デザイン ―――― 村田慧太朗（VOLARE inc.）

発行者 ―――― 幕内和博

編集 ―――― 及川幹雄　今井辰実

発行所 ―――― 株式会社 アース・スター エンターテイメント
〒141-0021　東京都品川区上大崎 3-1-1
目黒セントラルスクエア　7F
TEL：03-5561-7630
FAX：03-5561-7632
https://www.es-novel.jp/

印刷・製本 ―――― 中央精版印刷株式会社

© SkyFarm / Hyuga Azuri 2021 , Printed in Japan

この物語はフィクションです。実在の人物・団体・事件・地域等には、いっさい関係ありません。

本書は、法令の定めにある場合を除き、その全部または一部を無断で複製・複写することはできません。

また、本書のコピー、スキャン、電子データ化等の無断複製は、著作権法上での例外を除き、禁じられております。

本書を代行業者等の第三者に依頼してスキャン、電子データ化をすることは、私的利用の目的であっても認められておらず、著作権法に違反します。

乱丁・落丁本は、ご面倒ですが、株式会社アース・スター エンターテイメント 読書係あてにお送りください。

送料小社負担にてお取り替えいたします。価格はカバーに表示してあります。

ISBN 978-4-8030-1504-1

スライム倒して300年、
知らないうちにレベルMAXになってました
She continued destroy slime for 300 years
Morita Kisetsu 森田季節
illust. 紅緒
19

てろーん!!!